五千年表里山河，五千年弦歌不辍，古老的山西，不仅有说不完的厚重历史，还有风雅浪漫、流光溢彩的诗词篇章。"白日依山尽，黄河入海流，欲穷千里目，更上一层楼。"让我们走进诗歌的殿堂，从那些美妙的诗句中寻觅祖先的足迹，寻找山西历史上的华彩与辉煌。让我们一起吟咏着诗词，行走在风景如画的三晋大地上。

出 品 人：刘英魁

总 策 划：罗庆东

主　　编：陈青源　刘媛媛

执行主编：雨　馨

编　　委：侯慧明　席宏斌　仝建平　谢耀亭　郭庆财

　　　　　鲁立智　任聪颖　王　园　李淑芳　刘旭斌

　　　　　安国平　张建国　潘　虹　梁　爽

读着诗词
去旅行

DUZHE SHICI
QU LVXING

《读着诗词去旅行》节目组　编

山西出版传媒集团
山西教育出版社

图书在版编目（CIP）数据

读着诗词去旅行 /《读着诗词去旅行》节目组编
. — 太原：山西教育出版社，2023.12
 ISBN 978-7-5703-3391-2

Ⅰ. ①读… Ⅱ. ①读… Ⅲ. ①古典诗歌—诗歌欣赏—中国②文化史—山西 Ⅳ. ①I207.2②K292.5

中国国家版本馆 CIP 数据核字（2023）第 119078 号

读着诗词去旅行
DU ZHE SHICI QU LVXING

出版策划	李　磊
责任编辑	韩德平
复　　审	冉红平
终　　审	彭琼梅
装帧设计	陶雅娜
印装监制	蔡　洁

出版发行	山西出版传媒集团·山西教育出版社
	（太原市水西门街馒头巷 7 号　电话：0351-4729801　邮编：030002）
印　　装	山西新华印业有限公司
开　　本	890 mm×1240 mm　1/32
印　　张	5
字　　数	90 千字
版　　次	2023 年 12 月第 1 版　2023 年 12 月山西第 1 次印刷
书　　号	ISBN 978-7-5703-3391-2
定　　价	32.00 元

如发现印、装质量问题，影响阅读，请与出版社联系调换。电话：0351-4729718

序

读诗的另一种方法

这是一本很有意思的书。一看书名就让人兴味顿生——不仅仅是读诗,也不仅仅是旅行,而是读着诗词去旅行。说起古典诗词来,一般人会觉得自己与古人太远,其言难解,其意不明,有很大的距离。但是,一边读着古典诗词,一边在古人曾经感慨万千的地方旅行,寻访当年景色与今日景色的异同,体验古人情感与今人心绪的变化,了解历史的现实与现实中的历史,还是别有情趣的。如果说这样的读诗方式为我们提供了体验古典诗词的新境界,那么也可以说它同样为我们提供了旅行的新体验。它使昨天与今天、古人与今人、历史与现实融为了一体,使诗的生命力穿越了时空。

具体到这本书,也有很多可圈可点之处。首先是所选诗词比较经典,绝大部分是在中国诗歌史上产生了广泛影响的作品。这种影响不仅体现在艺术表达上的独特之中，还体现在它们对古典诗词发展的贡献之上。它们是某一时期、某一类型诗词的代表之作。这种影响也不仅是学术意义和艺术意义上的，更重要的是生活意义上的。也就是说，这些诗词是人们日常生活中常常要提到的，是普通人随口就可以说出来的。比如"天苍苍，野茫茫，风吹草低见牛羊"，这是谁都会说的，我们在说的时候并没有意识到自己借用了一首北朝的乐府民歌，而是这句话不自觉地便从潜意识中流露出来了。因为它们的存在，改善了人们的日常生活，提升了人生的诗性品格，与人们不可疏离的世俗性相比，可谓"更上一层楼"了。

　　其次是对这些作品的解读非常精彩。解读是本书最主要的内容。一般的解读是就诗说诗，特别是那些带有普及目的的解读，往往会局限在诗作本身当中，其长处是便于读者了解诗中的字句、韵律、格式，使人们对古典诗词的常识有更多的认知。但这里的解读显然有许多超越，是一种文化性表达，不仅有属于诗词常识的介绍，更融入了解读者的审美体验及对历史文化背景的阐释。特别是解读的文字比较讲究，应该说是富有诗性的散文，读起来十分上口，充分地体现出了汉语言的典雅、优美与自然，既通俗易懂，又讲究词句，能够帮助读者较快地进入诗的审美意境与历史文化的情景之中。这样的解说能够帮助我们更好地体会诗词营造的意境。如果想进一步了解诗中所言之"景点"的相关情况,还可以参看书中所附的"小贴士",虽然这些"小贴士"不是本书的主要内容,却也是丰富书的吸引力不可或缺的部分。

还有一个很重要的方面就是,书中所选诗词表现的某一地域本身就具有非常重要的历史文化意义。甚至可以这样说,它们与特定时期中国历史文化的发展进程有着极为密切的关系。单纯从山西的角度来看,会使读者意识到山西在中国历史上产生的重要作用。如果我们想知道历史上不同时代的人们是怎样生活的,是怎样对待自然存在、劳动生产、情感爱意的,在这样的生活中体现出的价值观是什么等等,都可以从这些诗作中找到答案。汾水、河水交汇处的汾、河之地如何折射出汉武帝时代中国的历史面貌;太行山崎岖险峻的陉道是怎样的蜿蜒奇绝,它们不仅是祖国壮丽风光的写照,也是包括曹操在内的中国人灵魂深处对国家统一的认知与追求;敕勒川、阴山下的"敕勒人",即被称为"丁零""高车",后来演变为"回纥""回鹘"的游牧族群,他们对祖国山河大地的情感是怎样的,以及他们与农耕族群是怎样融合演变的……每一首诗都是中国历史的一个细节,一个具有历史意义与文化价值的缩影。从这些诗词中,我们回到了中华民族悠久浩渺的历史之中,体认到了中华民族的情感形态与精神世界，感受到了中华大地辽阔的幅员与多样的地貌。它们不仅使我们进入了诗的世界，更帮助我们进入了民族的精神世界。

中国古典诗歌有其自身独特的审美范式，这是一种从人的灵魂深处发出的情感抒写。《礼记·乐记》就认为，"人心之动，物使之然也。感于物而动，故形于声"，这些表达虽然讨论的是音乐的问题，但实际上讨论的也是艺术生成的一般原理，是一种融合内外与心物关系的体认。诗歌同样是诗人内心世界在感受到外在万物之后，以合规律的语言表达出来的情感。这种表达的特点是强调感悟。感悟既是一种思维方式，也是一种审美方式，它是人的心灵世界的活动。这种活动并不仅仅是生理意义的"自活动"，而是文化意义的与外在存在发生关系之后产生的内在活动，是借助了外在力量之后形成的"它活动"。也可以这样说，是外在存在作用于内在心灵之后形成的活动。它不是抽象的、逻辑形态的，而是具象的、情感形态的。所谓"感"，是人的内心活动；所谓"悟"，是这种内心活动的结果，是人们通过"感"而得到的"悟"。悟可能是一种"知道"，但这种知不是理性的，而是悟性的，是很难用一般的语言来表述清楚的。这样的内心状态就是诗意的状态。

中国古典诗歌体现出与中国传统文化一致的自然观。就中国人而言，不管讨论什么，都要从宇宙自然的角度出发，由此来观照人生、情感。比如司马迁谈他写《史记》，就是要"究天人之际，通古今之变，成一家之言"，在探究宇宙自然与人的关系的基础上，再去了解研究古今变化的规律，以达成"一家之言"。中国古典诗歌在抒写个人情感的时候，也总是从对自然存在的感受写起以抒发情感，并且往往借助于对自然景物的比赋来表现。自然是人存在的基础，人是自然的一部分。人不能与自然割裂，只能与自然共存。中国古典诗歌的经典性除了诗歌呈现方式之外，与这样的思维方式是分不开的。我们可以看到，收录在这本书中的诗歌基本上都具备这种从自然出发、与自然同在的品格。

中国古典诗歌另一个非常突出的特点是不断地演变。很可能最早出现的是四言诗，由四言而五言，而七言，而词、曲，进而演变成没有字数限制，消融诗、词、曲之差异的现代诗。这不仅反映出中国文字的演变轨迹，也反映出中国人表达情感所借助的文学形式的演变路径，更重要的是，也反映出在社会生活日见丰富多样的变化中对突破既有文学形式的必然要求。这本书所选的作品就比较集中地体现了诗歌形式的演变特点，从某种意义上说，它们也是中国古典诗歌形式演变的缩影。

本书所选的作品比较典型地体现了中国古典审美最基本

的特征。当我们欣赏这些诗歌作品的时候，也就是在体验中华审美的无穷魅力。尽管这本书中的解读部分是非常精彩的，但对于那些优秀的作品来说，任何精彩的解读也只能是更接近了作品本身所具有的魅力，而不可能穷尽其魅力。如果某种解读能够穷尽这种魅力的话，结果只有两种可能：一种是这样的作品过于肤浅、贫乏，没有丰富的内涵；另一种可能是解读过于精彩。但这种能够穷尽优秀作品意蕴的解读，不论古往还是今来都是很少见的——假如我们不能说没有的话。这也就是说，这本书所选的诗作是极具代表性的。

我们说这是"另一种方法"的诗歌阅读，是因为它并没有刻意地去强调诗歌的审美魅力，至少在设计的时候是打着"旅行"的幌子出现的，这就使那些不一定关注诗歌但热衷于旅行的人们有了新的兴奋点。是不是人们也想了解一下诗歌中描写的那些"景点"与现实中的"景点"之间的关系？想了解一下在若干年前，这些"景点"是怎样被人们认知的？这就要求编者不仅要选择具有经典意义的诗歌，也要选择具有历史意义的"景点"，使"旅行"不再是简单的"行走"，而是附着了深厚的历史文化内涵，放大了"景点"的人文价值，强化了"景点"的审美魅力。人们不仅希望知道"景点"的当下情状，也期待对其过去的情状有更多的了解。"旅行"成为进入诗歌审美的桥梁，诗歌成为更好地

"旅行"的通道。

　　当然，这本书本来也不是一种单纯的"书"。实际上它是一种"声音之美"，是一个广播节目的文字汇编，这也就使它具有了更多的审美可能：在我们欣赏诗歌之美、体验旅行带来的美感时，还会给予我们一种来自声音的美。它是由山西综合广播与太原学院文化旅游系联合制作，邀请众多高校教师与相关专家参与策划的一档专题广播节目。在演播中，不仅编配有朗诵、赏析，还穿插了适宜的音乐伴奏、多声吟唱等形式，使语言艺术与音乐、朗诵等其他艺术结合起来，形式更加活泼，手法更为多样。节目播出后，不仅山西综合广播微信公众号，包括学习强国、喜马拉雅、蜻蜓、阿基米德等众多融媒体平台都先后推出，获得了较高的浏览量。应该说，制作者的初衷得到了实现，读诗的另一种方法产生了积极的效果。而我们，也收获了一本趣味盎然的好书。

杜学文

2023年9月20日23:03于晋阳

2023年9月22日23:11改于晋阳

目　录

汾沮洳	001
秋风辞	013
苦寒行	024
敕勒歌	038
出　塞	052
登鹳雀楼	061
同赵校书题普救寺	072
摸鱼儿·雁丘词	081
太原早秋	093

清　明	**109**
平遥夜坐	**121**
洪洞大槐树怀古	**136**

汾沮洳

《汾沮洳》为先秦时期魏地汉族民歌，是一首劳动人民自我赞美的歌谣，收录于《诗经》中。全诗以景兴情，融情于景，诗意层层递进，对比、烘托运用巧妙，对后世民间文学很有影响。

汾沮洳

彼汾沮（jù）洳（rù），言采其莫。
彼其之子，美无度。
美无度，殊异乎公路。
彼汾一方，言采其桑。
彼其之子，美如英。
美如英，殊异乎公行。
彼汾一曲，言采其藚（xù）。
彼其之子，美如玉。
美如玉，殊异乎公族。

译文

在那汾河边的低洼处，

有一个人正专心采"莫"。

看那位少年，俊美无比。

俊美无比啊，

掌管君主路车的官员们与之相差甚远。

在那汾河边的平坦处，

有一个人正专心采"桑"。

看那位少年，俊美如花。

俊美如花啊，

统领君主护军的官员们与之相差甚远。

在那汾河边的拐弯处，

有一个人正专心采"藚"。

看那位少年，俊美如玉。

俊美如玉啊，

那些贵族子弟与之相差甚远。

"沮洳"即河的潮湿低洼之处，"汾沮洳"就是汾河潮湿低洼的地方。《诗经》有一个特点，特别是在《国风》部分，重章叠句的地方非常多。何谓重章叠句？就是用不同的语句反复表达同一个意思。《汾沮洳》这首诗就运用了重章叠句的手法，全诗共分三章，每章分为三句，每句又有两个小句子。例如第一章"彼汾沮洳,言采其莫",意思是在那汾河边的低洼处,有人在采一种叫"莫"的野菜。在第二章和第三章也出现了相似的场景,即"彼汾一方,言采其桑"和"彼汾一曲,言采其藚"。短短几句,勾画出一幅古魏国人的生活场景图。

诗中的"莫""桑""藚"都是野菜。在先秦时期,我国的蔬菜种植还很原始,主要的蔬菜都是野生的。所以在那个时代,无论是上层人士还是底层百姓,都会在相应的时令里去采相应的野菜。这首诗的作者就是一个采摘野菜的人,至于他的身份,透过每一章的前两句还看不出来。

实际上,《诗经》和当今的流行歌曲没什么不同,通俗地讲,它就是当时的流行歌曲,所以有很多歌词是重复的。再看每一章的第二句,"彼其之子,美无度",我心中的那个男子长得特别美,美到无法量度。"彼其之子,美如英","英"指鲜花;"彼其之子,美如玉","玉"即玉石。第二句告诉人们,作者是一位女子,她喜欢一个男子,而且这个男子特别美。第三句,"美无度,殊异乎公路""美如英,殊异乎公行""美如玉,殊异乎公族",又是一个重复,这与现在流行歌曲的副歌是一致的。女子喜欢的男子跟"公路""公行"和"公族"是完全不同的。说到这三个词,就要说一说先秦时期的官制。

"公族"比较常见,即与诸侯或国君同族的人。

什么是"公路"呢？它不是如今的公路或马路。当时君主的车叫"路"，所以"公路"就是为君主驾车的人，相当于现在的司机。在中国古代，君主身边的侍卫、"司机"都不是普通人。比如大家熟悉的康熙的侍卫纳兰性德，他是谁呢？是纳兰明珠的儿子。所以在古代即便是为君主驾车的人，也都是贵族中的贵族。

"公行"又是什么呢？一般的理解认为"公行"与"公路"一样，都是君主的"司机"。但是如果"公路""公行"是一个意思，"公族"又是另外一个意思，这样理解可能不太准确。春秋时期的步兵叫"行"，比如后来的晋国分上、中、下三行，所以"公行"就是国君统领的步兵，或君主的侍卫。这样理解可以把这三个词的相同点和不同点体现出来。

但无论是"公路"也好，"公行""公族"也罢，都指的是贵族。因为当时国君身边的人都是贵族中最优秀的子弟，所以可以把"公路""公行"和"公族"统一理解为"贵族中的佼佼者"。这个女子喜欢的男子跟这些贵族中的佼佼者完全不同，那么这个男子是什么身份呢？一般认为，这个男子是底层的普通百姓。该诗将底层百姓与贵族相比较，从而体现出底层百姓对自己价值的认可：我不比贵族差，我甚至比他们强。这是现在一般的理解。

当然，对于《诗经》的解读并没有标准答案，有不同的看法是完全正常的,"诗三百"中没有哪一篇作品是只有一种解读的,正所谓"横看成岭侧成峰",所以这个男子也可能是一个贵族男子,这个女子也可能是一个贵族女子。贵族男子中的佼佼者是"公路""公行""公族",这个女子喜欢的男子比他们还要优秀。这首诗就是这个女子在采摘野菜的过程中唱的一首抒情歌曲。

讲到这里,就要专门讲一讲"言采其莫""言采其桑""言采其藚"中的"言"字了。这里的"言"是一个语气助词,没有实际意义,但凡用到"言"的《诗经》中的其他篇目,全部指作者本身参与了这个事情。所以这首诗是作者在采摘野菜时唱的一首情歌。"莫""桑""藚"在什么时候采摘呢?春天。作者在春天采摘野菜时唱着情歌,脑海中想象着自己的爱人,并且夸耀着自己的爱人,这可能是当时的一个真实情景。

当然,当时的贵族女子虽然有时也会参与劳作,但她们的这种行为更多是带有象征意义的。比如周代的籍田礼,在春耕的时候,天子在田间象征性地耕作,以起表率和示范的作用。在中国传统社会,上有所好,下必效之,早期的政治思想非常强调上位者的表率,国君行籍田礼说明对农业的重视,贵族女子也需要做一些象征意义的工作,如纺织、采摘等。

这首诗中讲到的"莫""桑""蕡"这几种野菜既可以食用，也有药用价值，体现了中国饮食及中国医药早期的一个核心主题——药食同源。《诗经》中记载的植物有上百种，而现在能吃到的只有二十多种。"粝粱之食，藜藿之羹"，古代老百姓生活艰辛，吃得也比较简单。

经典是文化基因的载体，经典之所以被称为经典，就在于它有思想张力，也就是在对同一问题的诠释上会有不同的观点。比如《汾沮洳》这首诗，以前传统的著书解释非常注重古人的观点，注重从"诗言志"的思路去解读，自闻一多先生提出"这是女子思慕男子的诗"以来，现在大多数学者认为可以从"诗传情"的角度去理解。可见经典的张力在于多方面解读，这也是经典的魅力所在。

五千年文明看山西，五千年前，人类从野蛮步入文明，开启了中华文明的浩浩源头。那么文明从山西的哪里看起呢？主要是晋南。无论是考古发现，还是文献记载，都显示晋南是中华文明的发祥地之一。商周时期，晋南地区被称作大夏之墟，在商周人的记忆中，夏的主要活动范围就在山西，就在晋南。中国人第一次主持的考古发掘就在山西。当时，"中国考古学之父"李济在夏县西阴村发现了西阴文化，这是中国人考古的开始。李济为什么要来山西考古呢？就是为了寻找"夏墟"。后来，在夏县还发现了另外一个非常有影响力的遗址，即东下冯遗址，这是探讨夏文化在山西分布的一个非常重要的遗址。

商代晚期的都城在安阳，当时叫殷。殷墟遗址出土了大量甲骨，证实了这个都城的存在和商的文明。从甲骨卜辞上所记载的内容来看，晋南是商朝人的主要分布区。山西发现了很多商代的遗址，如有名的垣曲商城遗址、东下冯遗址、酒务头遗址等。

图为1989年芮城县金胜庄村出土的陶罐，属仰韶文化庙底沟类型的典型遗物，现存于山西博物院中。

由此可见，从夏商开始，晋南便一直是中华文明的核心地带，对当时的政权具有非常重要的战略意义。

周人建国以后，为了巩固政权，实行"封建亲戚，以藩屏周"的政治制度，即分封诸侯国，用这些诸侯国拱卫周王室，尤其在周公东征之后，进行了更大规模的分封。周初武庚叛乱，周公率兵镇压，史称周公东征。据文献记载，周成王时期，71个诸侯国中，姬姓诸侯有53个。

晋南作为周王室的甸服之地，是周人防范戎族的重要据点，同时也是戎族进入周腹地的一个非常重要的通道。周人对如此重要的地方自然分封了许多诸侯国，如霍州的霍国，洪洞的杨国，襄汾的贾国，临猗的荀国，闻喜的董国，河津的韩国、耿国、冀国，平陆的虞国，芮城的魏国等。其中有一个重要的诸侯国，即翼城、曲沃附近的晋国，上述诸侯国随着晋国的扩张，最终被晋国所兼并。

再回到这首诗的名字上来，"汾"指的是汾河。那么当时的汾河和如今的汾河在流经区域上有无变化呢？其实河道的变化并不大，主要是水量方面的变化。汾河是黄河的第二大支流，贯通山西南北。汾河发源于宁武管涔山，经静乐、娄烦、古交、太原、清徐、文水、孝义、祁县、平遥、介休、灵石、霍州、洪洞、临汾、襄汾、曲沃、侯马、新绛、稷山、河津，最后在万荣汇入黄河。

西周初年主要诸侯国

诸侯国	类别	地理位置(今)	贫富
晋	同姓	山西	较富
卫	同姓	河南	较富
鲁	同姓	山东南	富裕
齐	功臣	山东北	富裕
宋	商代后裔	河南	贫瘠

| 燕 | 同姓 | 北京 | 贫瘠 |

  人类早期利用自然的能力较低，且年代越早，对自然的依赖程度越深。人类早期的活动离不开河流，汾河对于山西来说格外重要。在研究文明起源的过程中，有一种观点叫"大河文明"，因为人类文明的产生都是在大江大河附近，如四大文明古国都有各自重要的河流。但是后来也有一些学者针对中国文明的产生提出了"小河文明"，指出文明不一定出现在大江大河附近，就中国的情况来看，文明最早出现在那些大江大河的支流。

  从目前的考古发现来看，中国旧石器时代遗址和新石器时代遗址基本上分布在黄河、长江的支流上，如渭水流域、汾水流域等。人类的早期生活离不开水，不能离水源地太远，但也不能紧紧挨着河边，而是在高地或台地上，以防水患。因此，在黄河、长江的支流上产生了许多文明。就山西来看，汾河是山西的母亲河，是华夏文明重要的发源地，这首《汾沮洳》是现存最早的有关汾河的诗歌。

  读完这首诗，再看山西的母亲河汾河时，便平添了几分诗意。每年的八、九月是来山西旅游的最好时节，这时候的三晋大地风景秀美，温度适宜，泛舟汾河，怡然自得。

读着诗词
去旅行

汾河生态修复治理二期工程——南延伸段

读着诗词
去旅行

旅游小贴士

黄河第二大支流汾河是山西的母亲河,全长713公里,流经太原市境内188公里。汾河太原城区段目前全长43公里,北起上兰汾河漫水桥,南至迎宾桥南2公里,总面积约20平方公里。

汾河景区围绕"人、城市、生态、文化"的主题布景,两岸带状绿化平台上分布着6个景观区、4个广场、10个园子,建设了14个各具特点的景观景点,展现出一幅波光潋滟、水天一色的画面,可领略到现代文明与大自然的完美结合。夜幕降临,遍布各景区的80多种风格各异的8000余盏灯饰与滨河东西路四条光带交相辉映,展现出一幅色彩斑斓的立体美景。

汾河景区是集休闲、旅游、健身、观光于一体的大型生态文化景观长廊,为广大市民、游客提供了充足的绿色空间和广阔的休闲场所,让市民、游客在景区内时刻能感受到"山环水抱、岸绿水清、景致协调、点线辉映、文脉延续、人水相亲"的独特魅力。

秋风辞

《秋风辞》是汉武帝刘彻的作品。武帝刘彻,一生享尽荣华,又同常人一样,无法抗拒衰老和死亡,在宴尽之余,遂作此篇。全诗比、兴并用,情景交融,意境优美,音韵流畅,适合传唱,是中国文学史上的"悲秋"佳作。

万荣后土祠

秋风辞

汉·刘彻

秋风起兮白云飞,
草木黄落兮雁南归。
兰有秀兮菊有芳,
怀佳人兮不能忘。
泛楼船兮济汾河,
横中流兮扬素波。
箫鼓鸣兮发棹歌,
欢乐极兮哀情多。
少壮几时兮奈老何!

译文

秋风刮起,白云飘飞,
草木枯黄,大雁南归。
兰花、菊花都无比秀美,散发着淡淡的幽香,
但是最让人难忘的是我所思念的佳人。
乘坐着楼船渡过汾河,
行至河中央,大船激起白色的波浪。
鼓瑟齐鸣,船工也唱起了歌,
欢喜到了极点忧愁便增多。
少壮年华总是容易过去,渐渐衰老无可奈何!

《秋风辞》是汉武帝在祭祀社神之后创作的一首作品。其当时的祭祀处在河东郡汾阴县,也就是如今的山西万荣县。

诗的开篇,"秋风起兮白云飞,草木黄落兮雁南归",画面开阔,意境雄浑,描绘了河东地区略带萧瑟的秋景:天高云淡,北雁南归,万木萧疏,黄叶飘零。在如此宏大的背景下,诗人的目光聚焦在哪呢?"兰有秀兮菊有芳,怀佳人兮不能忘",在这样的秋景中,并不是只有一派萧瑟的景象,也有令人稍感欣慰的事物——"兰有秀""菊有芳"。当然,此处"兰有秀兮菊有芳"并不是指只有兰花绽放,菊花飘香,而是指兰和菊既开花,也有香味儿,这是古诗文中常用的互文修辞手法。

诗人看到美丽的花朵,闻到花的芳香,转而惆怅起来——"怀佳人兮不能忘",此时此刻的他特别怀念"佳人"。此处的"佳人"并非现在意义上的"佳人"。现在意义上的"佳人"一般特指女性,但在古诗文中"佳人"男女通指,多为君子、贤人之意。至于本诗中"佳人"指的是谁,我们并不清楚,但是不难发现,在这样一个本应豪情满怀的情境中,诗人却心有所念,内心可能并不好受。

接下来,诗人又写"泛楼船兮济汾河,横中流兮扬素波","泛楼船"即登上有隔层的船在河中荡漾,"济汾河"指渡过汾河。上文中提到,诗人刘彻是在河东祭祀社神,祭祀完以后要渡过汾河返回长安，所以叫"济汾河"。"横中流兮扬素波"，"素波"即白色的波浪。诗人泛舟汾河，船头激起白色浪花。紧接着，诗人写道，"箫鼓鸣兮发棹歌，欢乐极兮哀情多"，"棹歌"即划船时所唱的歌。船上箫鼓一响，划桨的人就跟着唱起了歌，寥寥几笔，诗人便描绘出泛舟宴饮的热闹场面。

可面对如此美景乐事，诗人却乐极生悲，忧愁之感从中而来。诗人为什么会有"哀情"呢？其实前面的诗句"怀佳人兮不能忘"已经做了铺垫。刘彻在这样的场景下，一直想念着"佳人"，尽管身边的氛围使得他也很高兴，但他心中仍然有隐隐哀愁。众所周知，汉武帝刘彻是一位出色的政治家、军事家，他抗击匈奴、开拓西域，平定了南粤和朝鲜等地，是一代枭雄。但是他在最欢乐的时候也会乐极生悲，陷入哀思，可见一代帝王也是一个普通人，也会有喜怒哀乐，也会有生老病死。所以他在诗的最后写道："少壮几时兮奈老何！"人在少壮这一阶段能有多久呢？到了老的时候，又能如何！刘彻掌握着天下，但是却掌握不了自己的生命，于是他发出了每个人都会有的慨叹。诗人由人及己，从怀念身边逝去的重要的人，进而引发慨叹，慨叹自己终将有年华老去的时候，这是这首诗的主旨。

那么诗人怀念的人到底是谁呢？有人说诗人怀念的是一

位贤能之士，也有人说诗人怀念的是李夫人。汉武帝是一个有雄才伟略之人，他来河东郡祭祀土地神，在祭祀完成之后，面对文武百官，创作了这首《秋风辞》。试想，在这样的背景下，他会不会想到李夫人呢？恐怕很难。所以，他所怀念的"佳人"当是一位贤能之人。而当时贤能之人有很多，诗人有没有具体所指呢？《秋风辞》写于公元前113年，在此前几年，刘彻最喜欢的一位将领霍去病英年早逝。此次刘彻到霍去病的故乡河东郡祭祀，并写下了这首《秋风辞》，虽然诗中从始至终没有提到过霍去病，但是诗中的"佳人"极有可能指的就是霍去病。

山西在汉代的战略地位极其重要，因为西汉的都城为长安（今西安），山西是其"桥头堡"。山西战略地位重要的另一个原因是，山西是民族的大熔炉，是民族交融的重要区域。尤其在秦汉时期，楚汉战争之后，高祖刘邦胜出，汉王朝自此建立。汉王朝建立之后，面临的一个重要问题就是解决秦末农民起义时趁机南下的匈奴，因为这是一个潜在的危险。汉高祖刘邦也曾尝试着去解决这一问题，所以有了"白登之围"，即公元前200年（汉高祖七年），汉高祖刘邦被匈奴围困于白登山（今山西大同东北马铺山）的事件。这一事件告诉了汉朝统治者，在历经残酷的战争之后，民生凋敝，百废待兴，初生的汉王朝还没有能力靠武力完全解决匈奴问题，于是便有了和亲。

和亲政策现在看来是促进了民族之间的交流，但在当时，汉王朝是想通过和亲来缓解匈奴问题。包括后来的继任者文帝，也延续了高祖刘邦的"与民休息"政策。至汉武帝刘彻，汉王朝经过多年的休养生息，国力空前强盛。据《史记》记载："京师之钱累巨万，贯朽而不可校。太仓之粟陈陈相因，充溢露积于外，至腐败不可食。"意思是府库里的大量铜钱，多年不用，穿钱的绳子烂了，散钱多到无法计数；国家的粮仓丰满，新谷子压着陈谷子，一直堆到仓外。有了这样的力量，汉武帝就着手解决匈奴问题，早期策划了非常有名的"马邑之谋"（马邑在今山西朔州）。汉元光二年（公元前133年），汉武帝听从大臣王恢建议，诱引匈奴进攻马邑，结果事情败露，无果而终。虽然汉王朝精心策划的"马邑之谋"失败，但同时也正式拉开了汉匈大战的帷幕。之后，无论是李广，还是卫青、霍去病，都在山西北部这条线上与匈奴作过战，成为抗击匈奴的名将，名留青史。

那么，汉武帝刘彻为什么要率领群臣到河东汾阴来祭祀"后土"呢？这其实主要与汾阴的地形有关，当然也与西汉时期的礼制有关。汉高祖刘邦之所以反秦，就是因为当时秦朝施行严刑峻法，刘邦觉得这些礼制太麻烦，于是在称帝之后便废黜了很多，包括一些朝廷礼制。但是后来他发现没有礼制不行，于是又重新制定了礼制。

汾河入黄口

公元前113年，汉武帝刘彻到雍城（今陕西宝鸡境内）郊祭，他和臣下商量："我每次都亲自郊祭上天，但却没有祭祀'后土'，在礼节上不太合适吧。"于是主管官员和太史令商量，认为皇帝须亲近"后土"。那么，祭祀"后土"的地方应该选在哪里呢？后来他们就找到了汾阴。《水经注》中是这样描述汾阴的："水南有长阜，背汾带河，阜长四五里，广二里余，高十丈。汾水历其阴，西入河。"也就是说，由于汾河和黄河两条河的长期冲击，形成了一个南北狭长的河洲，地面隆起，形似高丘，从高处看，类似于人的臀部。正是因为这个地方特殊，符合当时祭祀"后土"所要找的"泽中圜丘"，所以选了此地作为祭祀之地。

此外，当时在河洲之中应该有很多类似汾阴的地方，之所以选择河东郡，是因为山西晋南是人类早期文明的发祥地。

相传最早祭祀"后土"的是轩辕黄帝。传说轩辕黄帝平定天下，在汾阴扫地设坛，祭祀大地之母。此后的尧、舜以及夏、商、周三代等，都在这里举行祭祀活动。而从商代开始，祭祀的对象又加上了周代始祖后稷，即谷神"稷"。如今在万荣县的后土祠中，仍供奉着一块刻于明代的"轩辕扫地之处"石碑。可见，汉武帝当时选在这个地方祭祀"后土"，并为"后土"正式立祠，跟这个不无关系。

"轩辕扫地处"石碑

据史料记载，汉武帝曾多次到河东祭祀"后土"，但仅有一次是在秋天，也就是写《秋风辞》的这一次。当时，汉武帝刘彻44岁，已继位27年。之前他施行的一些治国政策，已使西汉王朝在政治、经济、军事和文化上都达到了鼎盛。这个时候，一代明君在祭祀过程中，和群臣登上楼船的时候，怀念起一位已逝的重要将领，内心备感寂寞。

汉武帝有更大的理想，但这必须建立在两个基础之上：首先，要有长久的寿命；其次，要有贤臣辅佐。"怀佳人"正是对贤臣的渴望，而"少壮几时兮奈老何"即在慨叹自己的生命已逐渐逝去，供自己建功立业、再攀高峰的时间已经不多了，所以他才会在最欢乐的时候怆然伤怀。人们常说乐极生悲，但并不是所有人都能够乐极生悲，只有像汉武帝这样有不断追求的人，才会在快乐到极点时心生伤悲。

旅游小贴士

中华祖祠万荣后土祠位于万荣县荣河镇庙前村的黄河岸边，文化底蕴深厚，规模为国内后土祠庙之冠，是全球华人的祭祖中心，是中华民族的发祥地之一。

后土祠东依峨嵋岭，西临汾黄岸，南北长240米，东西宽105米，占地25268平方米。祠里现存有"品"字戏台、献殿、香亭、正殿、东西五虎偏殿、秋风楼、宋真宗碑廊等建筑，史书上曾有"皇天后土"的记载。自轩辕黄帝在这里"扫地为坛祭后土"至宋真宗皇帝，先后有8位黄帝24次在这里祭祀。汉武帝8次巡幸河东，就有7次到这里祭祀，并留下了千古绝唱《秋风辞》。

秋风楼位于后土祠正殿后，因藏汉武帝《秋风辞》碑而得名，今古迹尚存，现存建筑为清代同治九年

读着诗词
去旅行

秋风楼

（1870年）重建。

秋风楼楼高三层，构筑精巧，两侧下方均有精雕吊柱，共28根，传说代表汉武帝的云台二十八将。上层是十字歇山顶，共有36个挑角，象征隋末瓦岗寨三十六兄弟；每个挑角上都装饰有彩色琉璃材质的武将形象，共108个，象征梁山一百单八将。

苦寒行

《苦寒行》是东汉末年军事家、文学家曹操在征讨高干时所作的一首乐府诗,以冰天雪地中的自然景象突出了登太行之艰险,通过白描、叙述写出了行军艰苦之情形,语言苍凉悲壮,沉郁浑厚。萧统将此诗选入《昭明文选·卷二十七》乐府类。

苦寒行
魏·曹操

北上太行山,艰哉何巍巍。
羊肠坂诘屈,车轮为之摧。
树木何萧瑟,北风声正悲。
熊罴(pí)对我蹲,虎豹夹路啼。
溪谷少人民,雪落何霏霏。
延颈长叹息,远行多所怀。
我心何怫郁,思欲一东归。

水深桥梁绝,中路正徘徊。
迷惑失故路,薄暮无宿栖。
行行日已远,人马同时饥。
担囊行取薪,斧冰持作糜。
悲彼东山诗,悠悠使我哀。

译文

举兵北上太行山,
巍巍太行十分艰险。
羊肠小道崎岖难行,
路途颠簸车轮都损坏了。
树木如此萧瑟,
北风呼啸声声悲凄。
熊罴当道,
虎豹咆哮。
溪谷荒凉人烟稀少,
漫天大雪混沌天地。
仰天引颈长叹息,
远行征战多思念。
无边的郁闷顿时涌上心头,
真想返回故乡啊。
水深桥断难前行,

大军徘徊半路举步维艰。
迷失方向找不到原来的路,
暮色苍茫却不知何处安眠。
走啊走啊已远行多日,
人困马乏饥肠辘辘。
挑着行囊拾些柴火,
凿开冰块煮粥充饥。
突然想起《东山》,
瞬间勾起我不绝的哀伤。

与曹操的名作《观沧海》《短歌行》相比,这首《苦寒行》的知名度不算太高。这首诗写的是东汉末年,曹操率军从邺城(今河北临漳)出发,越过太行山攻打叛将高干的历史事件。在这首诗中,有一个关键字,就是"艰哉何巍巍"中的"艰",太行山的险峻从这个字中便凸显了出来,开宗明义,发唱惊挺。

"羊肠坂诘屈,车轮为之摧",羊肠坂是太行八陉中一个非常险要的关口,"诘屈"就是指盘旋艰难的样子,可见羊肠坂之险要。兵车在羊肠坂行进时,车轮都毁坏了。

"树木何萧瑟,北风声正悲。熊罴对我蹲,虎豹夹路啼。"接下来的这两句应当看成一个整体,在呼啸的北风中树木萧萧作响,渲染出一种萧瑟苦寒的意境。"熊罴对我蹲,虎豹夹路啼"确是实景,在人烟稀少的太行峡谷中,曹操的军队向前行进,周围猛兽环伺,凸显军旅生涯的艰难。

何谓"雪落何霏霏"?其出自《诗经·小雅》中的《采薇》一诗,诗中写道:"昔我往矣,杨柳依依。今我来思,雨雪霏霏。"此处烘托的是曹操"延颈长叹息,远行多所怀"的忧叹,"雪落霏霏"即为一种怀归之念。

接下来曹操又说:"我心何怫郁,思欲一东归。"他到底在怀想什么事情呢?答案是回归故土。在如此艰险的征戍生涯中,曹操感觉到了人生的艰难,想回到自己的故乡谯县(今安徽亳州)。他所怀念的便是东方平和、安稳的生活。

但是转眼间,曹操的这种怀思之念便被现实拽了回来,转向了对行军生活的又一重书写:"水深桥梁绝,中路正徘徊。迷惑失故路,薄暮无宿栖。"行军途中遇到了艰险,桥梁断了,迷失方向,徘徊不已,偏偏这时天也暗了下来,整个军队陷入了进退失据的困境中。"薄暮"即傍晚的意思,"无宿栖"呼应前方的"溪谷少人民",可见当时太行山的荒凉。

但是,即便在迷路、徘徊的情况下,曹操还得继续行军。"行行日已远,人马同时饥。担囊行取薪,斧冰持作糜。"只见这些士卒挑着行李,一边行进,一边拾着枯柴,他们要煮粥充饥。水从何来?因为是冬天,水已经结成了冰,所以才需"斧冰持作糜"。这里的"斧"用作动词，士兵们凿开冰块，将其融化后煮粥。

就是这样一种艰险的行军生活，使诗人以及士卒生起了深深的怀归之念，曹操不得不悲叹："悲彼东山诗，悠悠使我哀。"《东山》一诗出自《诗经·豳（bīn）风》，写的是周公姬旦东征管叔、蔡叔之后胜利归来的情形。这样看来，曹操西征高干，与周公东征平定天下的思想情感是相似的，在这里曹操显然将自己比作周公，将诗中的悲悯之情和征戍之苦转化为平定天下的悠悠壮志。

这首《苦寒行》是曹操于公元205年的冬天，跨越太行山和袁绍的外甥高干作战时写的。汉献帝初平元年，即公元190年，关东各个割据势力推举袁绍作为他们的总盟主，开始联兵讨伐董卓，自此揭开了东汉末年军阀混战的序幕。至建安四年，也就是9年之后，袁绍消灭了割据幽州的公孙瓒，从而跨青、冀、幽、并四州之地，拥有几十万军队。这一时期，袁绍的势力达到了顶峰。但是到了第二年，袁绍势力就开始走向衰落，因为在接下来的官渡之战中，袁绍被曹操大败。两年之后，抑郁中的袁绍便死于冀州。袁绍死后，曹操趁机占据了袁绍的青、冀、幽、并四州，统一了大半个北方和中原地区。

建安七年（202年），曹操巩固了他在兖、豫二州的统治之后，又兵进河北。当时袁绍虽死，但河北还在袁绍的儿子袁谭、袁尚、袁熙等人的手中，曹操趁此机会又消灭了袁绍的几股残余势力。在当时的北方，除了袁绍的几个儿子之外，还有一支重要的袁绍残余势力，就是当时任并州刺史的袁绍的外甥高干的势力。建安九年，即公元204年，高干降于曹操，曹操没有剥夺他的权力，依然让其担任并州刺史之职。到了第二年，高干趁曹操北讨乌桓之际反叛了曹操，举兵在壶关口抵抗曹操，还密谋派兵攻打曹操的邺城。曹操派大将乐进讨伐高干，高干退守壶关，没有被完全打败，而且盘踞太行山可攻可守，成为曹操的心腹之患。建安十一年（206年），曹操留曹丕镇守邺城，亲自率军征讨高干。曹操从邺城出兵西进，进军高干据守的壶关，太行山大峡谷是其必经之路。

这首《苦寒行》大约写于205年冬至206年初春，这个时候太行山的气候非常寒冷，而且太行山地势十分险要，我们能从诗中感受到主帅曹操及将士们经过长途跋涉，在如此严寒的地区作战时，内心情绪的波动。

曹操写这首诗时的情绪要从两方面来看。东汉有一位人物评论家许劭，他说曹操是"治世之能臣，乱世之奸雄"。曹操自己曾说过愿意做一个郡守，为国家治理一个地方即可。但由于东汉末年战乱不断，曹操不得不承担起统一天下的大任。同时，曹操对士兵的行军生活也比较悯伤、同情。《苦寒行》这首诗原本属于乐府旧题，很多内容现已失传，推测其可能书写的是民间寒冬的疾苦生活。曹操借"苦寒行"的题目，书士卒攀登险坂的艰难，表现出他对士卒的悯伤。当然，曹操作为三军统帅，并没有沉浸在对艰辛生活的哀叹之中，而是把这种情感与安定天下的壮志结合起来，使整首诗的境界得到了升华。

这首诗不仅有着苍凉的意境、动人的情感，还表现出一种非比寻常的雄壮格调，这种格调与曹操的《观沧海》有异曲同工之妙。《观沧海》写海，《苦寒行》写山；《观沧海》写秋天萧瑟之景，《苦寒行》写冬日荒寒之境；《观沧海》写其战胜归来的壮怀，《苦寒行》写其征戍途中的艰难。但不管怎样，两首诗都表现出曹操的一种风格，即南朝文学批评家钟嵘评论的"古直悲凉"，同时也表现出曹操作为政治家、军事家，作为优秀诗人的博大胸襟。

俗话说，诗言志，历史上很多诗人的名篇，都能从其诗句中感受到诗人的气魄和品格。而曹操的作品，无论是《观沧海》《蒿里行》《短歌行》，还是这首《苦寒行》，人们都能从中感受到他的胸襟和气魄。

《苦寒行》这首诗诞生于山西的太行山中，通过其诗句，人们可以清楚地感受到古代出入山西之艰难。古代经太行山出入山西的通道有八条，古称"太行八陉"。"陉"指山脉中间断开的地方，八个中间断开的地方也就是"八陉"，是古代晋、冀、豫三省之间的交通要道。太行山的大体走向为南北走向，中间断开的地方自然就是东西走向。具体到曹操这首诗中，他所提到的"羊肠坂"，据清代学者考证不止一处。清代学者顾祖禹在《读史方舆纪要》中提到羊肠坂有三处：一处是在太行陉上的羊肠坂。太行陉在怀、泽之间，怀即怀州，今河南焦作一带；泽为泽州，今山西晋城。另一处是白陉上的羊肠坂，距曹操进攻的壶关县较近，在现壶关县东南百里之地。还有一处羊肠坂在距离太原西北90里处。联系诗中的场景，曹操当时的大本营在邺城，壶关在它的西南方向，曹操不可能绕到太原的西北面去进攻壶关，因此可以排除第三处。

曹操从邺城出发到壶关实际上有三条太行陉道，分别是滏口陉、白陉和太行陉，其中离曹操最近的是滏口陉。但是滏口陉在现在的河北邯郸，壶关在滏口陉的西南方向，所以如果曹操是从滏口陉进军的话，那他是"西南下太行"，而不是诗中所说的"北上太行山"，所以滏口陉应该也不是曹操这次出兵壶关所经之地。而白陉在这三条路径中是最短的，以常理来推断的话，曹操出兵应该选最短的路线，以最快的速度到达战场，从而减少一些非战斗损失。所以曹操如果从邺城出发，经白陉到陵川，再从陵川北上，就踏上了壶关的羊肠坂。

关于壶关的羊肠坂，李贤在《明一统志》中有记载："壶

读着诗词
去旅行

白陉古道七十二拐

关有羊肠坂,长三里,盘曲如羊肠。""坂"指山坡或者是斜坡,所谓"羊肠坂"就是形容山间道路崎岖缠绕,弯弯曲曲,像羊的肠子。食草动物的肠子比较长,食物在肠里停留的时间也比较长,有利于营养物质的吸收。所以羊肠坂类似于我们所说的羊肠小道。

壶关羊肠坂

壶关位于长治市东南的壶口村,这个村子两峰对峙,状如壶口,地势险要,所以汉朝在此设置关隘,名为壶关。羊肠坂距壶关县城50多公里,地处太行山大峡谷的深处,自古以来就是中原通往上党的关隘要道,山高沟深路险,秦汉时它便是中原政权用兵太行的一个非常重要的通道。如今,在壶关羊肠坂上还有很多曹操用兵时留下的遗迹和传说。比如在龙泉峡的大河村东,有曹操进军壶关的重要关隘"大河关";在五指峡北口的悬崖绝壁上,有相传是曹操所筑垒的军事堡垒"曹公垒";在五指峡东面的羊肠坂附近,还有"兵营""兵舍""饮马坑""藏兵洞""东仓""西库"等带有鲜明屯兵遗迹的地名。就连当地的名吃"壶关羊汤",据说也与曹操用兵壶关有关。相传曹军在冰天雪地里捕捉到了山羊,曹操便让士兵用山中的清泉水炖山羊肉给大家充饥御寒，士兵士气大振，最终取得了战争的胜利。这些遗址、地名，还有曹操北上太行山的故事，在当地一直流传至今，可见曹操通过白陉走上壶关的羊肠坂是比较可信的。

不过，白陉尽管离曹操较近，但特别险要，位于太行山最深处的大峡谷中，谷深近千米，而路宽才两米，很难走。所以当代学者认为还有一条曹操进军的路径就是太行陉。太行陉尽管路途相对较远，要先绕到河南，再从河南入太行山，但是这条路地势相对比较缓和，交通也比较便利，兵力输送更加方便、快捷。从先秦时期秦赵的长平之战，到后来的北魏南迁洛阳，进出山西走的都是这条路。而从当时战场形势来看，高干叛乱屯兵壶关，之前曹操已经派李典、乐进攻打过高干，但久攻不下，所以以曹操老谋深算的性格，他不一定会步李典、乐进的后尘，有可能会绕道太行陉出奇制胜。

所以《苦寒行》所写的羊肠坂究竟在何处？现在仍莫衷一是，甚至这个羊肠坂可能并不是一个特指的地名，而是泛指太行山上弯弯曲曲、艰险难行的小路。但是，从曹操的这首诗中，足以让人感受到古代晋、冀、豫三省交通之艰险，这实际上也反映出山西地理和军事格局的一个总体特征——历来是兵家争夺之地。

由于山西的这种地形特征，以及这里的人民在古代历史上长期与游牧民族交锋，使得山西地区民风彪悍，崇尚武力，推崇侠义之风，如曹植在《白马篇》中就提到了"幽并游侠"。山西历史上也诞生了很多名将，如东汉末年的关羽、吕布、张辽、徐晃等都出自并州，所以在当时想要控制并州并不容易。并州刺史很多都是如董卓、丁原、高干这样的武将，因为他们来到并州之后，最主要的任务就是守卫疆土，抵御胡人。

当年的太行山脉形势险峻，是兵家必争之地，而今天的太行山依然雄浑壮阔，风景如画。

旅游小贴士

太行山大峡谷地处山西、河南两省交界处，位于长治市壶关县，主要景点有八泉峡、红豆峡、青龙峡等。走进大峡谷，仿佛步入百里画廊，奇峰怪石，莽莽林海，悬泉飞瀑，令人目不暇接。

国家5A级景区八泉峡景区是太行山大峡谷的核心游览区。八泉峡北面悬崖绝壁，周围有八个泉眼常年水流不息，喷泉、瀑布直跌谷底，汇成八道水流出，由此得名八泉峡。红豆峡则是因为这里天然生长着珍稀树种红豆杉而得名，是集北国阳刚粗犷与南国阴柔和美于一体的景区。这里有原始森林、悬泉飞瀑、高峡平湖，在蜿蜒曲折的河谷山岭中生长着上千种原始野生植物。

读着诗词
去旅行

苦寒行

太行山大峡谷

敕勒歌

《敕勒歌》为北朝民歌。北朝是指公元4—6世纪我国北方少数民族先后建立的北魏、东魏、北齐、西魏、北周五个政权所历经的历史时期的总称。北朝人民主要过着游牧生活,有许多民歌流传下来,这些民歌豪放爽朗、慷慨激昂、语言朴实,极富生活气息,表现了北方民族英勇豪迈的气概。现存的北朝民歌大约有60首,大都收录在《乐府诗集》中。

敕勒歌

敕勒川,阴山下,
天似穹庐,笼盖四野。
天苍苍,野茫茫,
风吹草低见牛羊。

敕勒歌

> **译文**
>
> 阴山脚下有敕勒族生活的大平原,
> 敕勒川的天空四面与大地相连,
> 看起来好像牧民们居住的毡帐一般。
> 蓝天下的草原都翻滚着绿色的波澜,
> 清风吹过,绿草低伏,
> 一群群的牛羊时隐时现。

初读《敕勒歌》,很多人会认为这首诗写的是内蒙古大草原的美丽风光,其实不然,它所描绘的是山西北部朔州一带的风景。

"敕勒"一词最早见于魏晋南北朝时期的文献中,一般指中国古代北方少数民族丁零(亦称丁灵)。丁零人最早生活在贝加尔湖附近,即中国史书中所称的北海,典故"苏武牧羊"中的高寒之地。

东汉以后,由于匈奴人在蒙古高原的势力逐渐衰落,一部分匈奴人西迁,丁零人趁机南下,进入原先匈奴人生活的漠北草原。由于他们所乘坐的车的车轮特别高大,所以中原人又称他们为高车人。丁零人所乘坐的车的车轮之所以高大,是因为他们主要生活在草原地区,高大的车轮方便涉水及穿越草地。

公元4世纪末到5世纪初的魏晋南北朝时期,北魏统治者鲜卑族拓跋部开始出征漠北，高车人被征服。之后，高车人继续南迁，抵达今内蒙古、山西、河北北部一带，也就是广义上的阴山地区。这一部分南迁并被北魏统治者所征服的高车人就被称为敕勒人，而将"高车"改为"敕勒"，也并无特殊含义，是汉语翻译的不同。

生活在阴山一带的敕勒人因受鲜卑人统治而逐渐鲜卑化，所以《敕勒歌》这首北朝民歌最早是由北齐时期敕勒人斛律金用鲜卑语演唱的，后来才被翻译成汉语。史书记载，道武帝时期，拓跋珪将掳掠来的敕勒部族迁往当时的都城平城，即山西大同一带，敕勒族的斛律部就此散居于此。《魏书·尔朱荣传》中记载：有一个叫斛律洛阳的敕勒族人在桑干西造反，被北魏大将尔朱荣败于深井。其中的桑干西，也就是桑干河的上游，在今天的朔州一带。还有北齐的斛律金，即最早唱《敕勒歌》的人，《北齐书·斛律金传》中明确记载其人是朔州敕勒部人氏。从这些资料中不难看出，敕勒族的斛律部在归附北魏以及后来的北齐政权之后，基本上生活在现在的山西朔州一带。这样看来，斛律金传唱的《敕勒歌》描绘的就是今天桑干河上游一带朔州地区的山川风貌，而这一带也是广义上阴山山脉所覆盖的区域。

很多人可能会有疑问，"敕勒川，阴山下"，阴山不应该是内蒙古河套一带吗？其实不然，广义上的阴山进入山西后，其主脉沿右玉、左云、阳高、天镇往河北延伸而去，其支脉又分成了两条，一条沿右玉南下，与管涔山相接；另一条跨左云南下，延伸为洪涛山，而朔州地区就处于这两条山脉之间，其与诗中所述的"阴山"并不矛盾。

这首诗描写了北国草原壮丽富饶的风光，书写了敕勒人热爱家园、热爱生活的豪情，境界开阔，语言明白如话，艺术感染力极强。那么，从文学角度分析，这首诗又表现出何种情绪，蕴含着怎样的意境呢？我们可以将其与江南文化一同对照理解。

诗中开篇写道："敕勒川，阴山下，天似穹庐，笼盖四野。"敕勒川不确指，阴山也不确指，这里仅交代敕勒人所生活的自然环境，同时提供了整首诗的背景。敕勒人所生活的地方以气势磅礴、雄伟无比的大山为背景，这里既有山又有水。山水之地又多见于江南，但江南山水河流曲折，山峦起伏，景色雅致而又细腻。《敕勒歌》则以粗犷的笔调勾勒了一幅北国草原风光，显示出鲜明的地域色彩和民族特征。诗中将天比作穹庐，非常贴切。"穹庐"即毡帐，也就是蒙古包。诗中所描绘的大地是如此的广袤无垠，天空是如此的广阔无边，它像毡帐一样垂拢下来，笼罩着广阔的田野。这就是敕勒人生活的地方。

"天苍苍，野茫茫"，"天苍苍"对应"天似穹庐"，"野茫茫"对应"笼盖四野",这是这首《敕勒歌》所要表达的意境:天空蔚蓝无边,原野广阔无际。下一句"风吹草低见牛羊"转而描写细节,表现出草原水草丰茂的情景,极富层次之美——草原上的野草要长得非常茂盛,才能够遮住牛羊。这也是上文提到的高车人的车轮为什么要做得很大的原因,高大的车轮才可以在这样的草原上行进。"风过草必偃",风把草吹倒伏后,肥壮的牛羊时隐时现,反映出敕勒人生活的富足。将这样的场景与江南作对照,我们会发现南方的生活是一座村庄、几栋房屋、若干亩田地,日出而作,日落而息,没有像诗中描绘的那样广阔的视野。南方人可能会在生活的细节处精雕细琢,但是他们所生活的地方要比北方敕勒族的生活环境更为狭小。这就构成了两种不同地域的人的文化差异。

  《敕勒歌》全文没有提到过人,却无处不在表现人,表现敕勒人自由自在、自给自足的生活。王国维曾经说:"有有我之境,有无我之境……有我之境,以我观物,故物我皆著我之色彩。无我之境,以物观物,故不知何者为我,何者为物。"在整首《敕勒歌》中,"有我"跟"无我"融合无间,诗中写到的敕勒川、阴山、原野、肥草和牛羊是敕勒人独特的生活环境要素,其家园意识就在这些朴素的词语中,在质朴的生活情形中,自然如缓缓流水般显露。敕勒人的家园意识,敕勒人的天地情结,以及他们对自由的追求,作者并没有刻意表露,但读者却能真切地感受到,甚至直抵人心,这正是这首诗美之所在。

《敕勒歌》是南北朝时期敕勒族的民歌,产生于公元5世纪中后期。相传,公元546年,东西魏之间迎来了双方的最后一次大战——玉璧之战。东魏丞相高欢率十万大军围攻西魏重镇玉璧(今山西南部稷山一带),昼夜攻城,苦战50多天,玉璧城岿然不动。不久之后,东魏军中遇到瘟疫,折兵7万,高欢忧愤成疾,领着残兵败将一路北撤,军中士气低落。为了振奋军心,高欢召集众将宴饮,其间请敕勒族人斛律金唱了这首《敕勒歌》。军中将士不论是敕勒人还是鲜卑人都来自北方,兵败之时,怀乡之念更甚。在此情形下,高欢命斛律金唱起了故乡的歌谣,让这些将士的心灵得到慰藉,以稳定军心,高欢也避免了全军覆没的危险。

有趣的是,这首原本用鲜卑语吟唱的牧歌,后被转译成汉语,其中饱含了民族交融、文化融合的意蕴。有关《敕勒歌》的记录,可从北宋郭茂倩所编的《乐府诗集》中找到它的痕迹。《敕勒歌》产生的背景并不明朗,但它所折射出的民族交融现象,东西魏时期少数民族在中原地区活动的情形,以及他们对故土的思念之情,是这首诗流传至今的魅力所在,其深刻内涵使诗本身超越了战争的背景,带有了一种永恒的价值。而这种永恒的价值，恰是文学作品对人们心灵的陶冶和洗涤。

山西地理位置特殊。历史上，山西常处于中原文明和北方草原文明对峙的前方，自古以来是民族交融的前沿阵地，是名副其实的民族"大熔炉"。多民族轮番登场的历史现实使得山西成为中国历史上汉族和北方少数民族全方位碰撞、渗透、互动和交融的大舞台，而魏晋南北朝更是这一特征非常显著的时期。事实上，山西地区的民族交融可以追溯到叔虞封唐时期。《左传》记载，周成王封他的弟弟叔虞做唐侯的时候，就给他的弟弟制定了一个治理晋国的施政纲领——"启以夏政，疆以戎索"。唐国的领地在今山西南部，以前是夏朝的中心地带，所以用夏朝之政来管理唐国，比较容易见效，是为"启以夏政"。夏人其实就是汉人的前身，夏人周围还有戎、狄等很多少数民族，统治戎人就用戎人的政策，是为"疆以戎索"。可见，早在几千年前，统治者就已经考虑到三晋大地周围有少数民族分布的历史特点，施政时既要尊重夏人的生活传统，又要尊重戎、狄等少数民族的生活习惯。"启以夏政，疆以戎索"这一政策，后来被历史学家看作是晋国的开国大法，被称为"唐叔之法"。

从唐开始，到后来的晋国，都在认真考虑如何处理民族关系，把民族关系上升到立国政策的高度。之后的赵武灵王

"胡服骑射",更是汉族和少数民族之间经济、文化交流的典范。当时,赵国相对其他国家实力稍逊,但赵国敢于低头向周边少数民族学习,改变汉族在服饰和武器上的一些传统,使得赵国在赵武灵王时期成为除秦国外最强大的一个国家。

两汉时期,山西地区的少数民族主要为匈奴。东汉初年,匈奴势力逐渐衰落,分裂成了北匈奴和南匈奴。北匈奴一部分西迁,而南匈奴则依附于中原东汉政权。东汉末年,建安二十一年(216年),权臣曹操将依附于东汉的南匈奴分成左、右、南、北、中五部,左部居于兹氏县(今山西汾阳市东南),右部居于祁县(今山西祁县),南部居于蒲子县(今山西隰县),北部居于新兴郡九原县(今山西忻州),中部居于大陵县(今山西文水县东北)。曹操以匈奴中身份比较高贵的人做部帅,并派汉人做司马对其进行监督。由此可见,在东汉时期,匈奴已广泛分布于山西中部和南部地区。不过这并不是民族交融的高潮,只能说是更大规模民族交融的序幕或前奏。西晋末年,司马氏皇族为了争夺最高统治权展开了"八王之乱",但是随着北方天气转凉,原先生活在草原地区的少数民族纷纷南下,揭开了"五胡乱华"的大幕。

被曹操安置于山西中部和南部地区的南匈奴的左部帅名叫刘渊。刘渊本是匈奴人,何以姓刘?原来汉高祖刘邦曾将宗室之女作为和亲公主嫁给匈奴冒顿单于,两人继而相约为

兄弟。自此之后,匈奴单于随母姓,改为刘氏。晋惠帝永兴元年(304年),刘渊于左国城(今山西方山县境内)建立了十六国时期第一个少数民族政权,自称汉王,这也反映出刘渊对汉文化的仰慕。刘渊深通历史,在他看来,自秦至晋,汉人政权虽然很多,但是国祚长久的只有两汉,所以汉匈既然约为兄弟,哥哥亡了,弟弟继承,这有什么不可呢?实际上,尽管司马氏政权已经覆灭,但对于刘渊这样一个少数民族出身的统治者,要想在汉人聚居的中原地区建立政权,就必须要争取汉人的支持。这也反映出南迁的匈奴因长期同汉人一起生活,受汉化影响较为深刻。

除了匈奴,当时山西地区还有很多其他少数民族,如建立后赵政权的羯族,建立西燕的慕容部(定都于长子),还有建立北魏政权的鲜卑族拓跋部。特别是强大的北魏政权,最初定都于盛乐(今内蒙古自治区和林格尔县),皇始三年(398年)迁都平城(今山西大同)。自此,大同成为北魏都城达97年,历经六帝七世,成为当时中国北方政治、经济、军事、文化的中心。今天人们熟悉的云冈石窟、司马金龙墓以及方山永固陵等,都曾见证了当时大同的繁荣。

至北魏末年,北魏政权集中到了晋阳军阀高欢的手中。在高欢的策划下,北魏分裂为东魏和西魏,高欢控制了东魏,迁都邺城。尽管东魏的都城在邺城,但高欢始终以大丞

云冈石窟大佛

相的身份常驻晋阳,遥控东魏政权。公元550年,高欢之子高洋废东魏孝静帝自立,史称北齐。"别都"晋阳始终是东魏、北齐政权的根本所在,其政治、经济、军事和文化中心地位不可替代。

纵观历史,民族交融多以和平的方式进行,如和亲。但在魏晋南北朝时期,民族交融常以战争的方式进行,这一时期时间跨度较大,从十六国开始至北朝结束,有近300年的战乱时期。但正是经历了这样一个历史大激荡之后,这些内迁的少数民族才真正与汉族融为一体,形成你中有我、我中有你无法分割的局面。因此,如果有人问匈奴的后裔是现在的哪个民族,鲜卑的后裔又是现在的哪个民族,这样的问题就很难回答了。

旅游小贴士

来朔州探寻诗词里的美景，就不可错过右玉。右玉县位于晋西北边陲，自古为我国北方要塞，是中原通往塞北的主要关口和税卡，在春秋以前一直为北方少数民族所占领。境内四周环山，南高北低，苍头河纵贯南北，属黄土丘陵缓坡区。境内古城堡随处可见，烽火台沿山相望，古长城蜿蜒起伏，雄伟壮观，自然景观十分壮丽，有"塞上草原"之称。

从夏天似江南山清水秀的风景，到冬季赛东北的雪原风情，美丽的风光四季在线；从蜿蜒横亘的六朝长城，到巍然屹立的雄关杀虎口，千年的硝烟近在眼前；从悠久恢宏的历史，到辉煌璀璨的人文，厚重的历史文化俯拾皆是；从国之瑰宝《水陆画》，到千古绝唱《走西口》，灿烂的文化一路相随；从几千年戍边将士守土有责的大无畏牺牲气概，到现代右玉人改天换地的无私奉献精神，英雄的故事源远流长！

民谣《走西口》中的西口就在这里，即杀虎口，位于晋蒙交界处，北倚古长城，西临苍头河，已有两千多年历史。明清时期，杀虎口是晋商的主要通道，曾经盛极一时的"大盛魁"商号的发祥地就在这里，清极盛时期，关税日进"斗金斗银"。保存完整的杀虎堡，绵延相望的烽火台,苍凉的古战场,清晰可辨的古桥、古道和古乐楼等,似颗颗璀璨的明珠镶嵌在杀虎口的大地上。"走西口"不仅承载着晋商的光荣与梦想,更铭刻着山西人移民谋生的血泪悲情。杀虎口是明清山西历史的缩影,是中国近代金融贸易兴衰的实证。

读着诗词
去旅行

敕勒歌

杀虎口全景

出 塞

出 塞

唐·王昌龄

秦时明月汉时关,
万里长征人未还。
但使龙城飞将在,
不教胡马度阴山。

译文

依旧是秦汉时期的明月和边关,
守边御敌征战万里的将士还未归乡。
倘若现在有像李广那样的将军镇守边境,
绝不会让匈奴兵马越过阴山。

　　王昌龄是唐代著名诗人,是边塞诗的代表诗人。边塞诗是中国古代诗歌的一个重要题材,一般认为边塞诗发展于汉魏时期，在唐代进入黄金时期。唐代以前的边塞诗不足200首，而《全唐诗》中收录的边塞诗就达2000多首。边塞诗是唐代诗歌的主要题材，也是唐代诗歌中思想性和艺术性最强的类型。边塞诗从选材上看，有写将士们生活经历和军旅体验的，也有写诗人亲身经历的，还有用乐府旧题来翻新创作的。王昌龄的这首《出塞》，就属于用乐府旧题翻新创作的作品。王昌龄的边塞诗中，还有一首也很著名，即《从军行》：

青海长云暗雪山，
孤城遥望玉门关。
黄沙百战穿金甲，
不破楼兰终不还。

这两首诗反映的诗人的心情不太一样。《出塞》意境开阔，有时空上的跨越，给人一种深邃、苍茫之感。首句"秦时明月汉时关"为千古名句，受历代文人学士的咏颂。第二句"万里长征人未还"，从写景过渡到写人，自然流畅。明月和雄关依然和秦汉时期的一样，但出关远征的将士却没有回来，上阕短短两句，却跨越了上千年。从历史上看，自秦汉时期便开始修筑长城，用来抵御外族的侵略，在上千年漫长的岁月里，边关内外战事不断，与戍边战士日夜相伴的秦月汉关自然成为历史的见证者，与戍边战士的喜怒哀乐联系在了一起。"但使龙城飞将在，不教胡马度阴山"，后两句诗人转而抒情，感叹良将难求，对现今将领的讽刺不言自明。

《出塞》这首诗中，山西元素颇多，凸显了山西的长城文化和军事文化。山西境内的赵长城是中国现存最古老的长城，始建于春秋战国时期，为赵武灵王时所筑。至秦以后，秦国将秦长城、赵长城和燕长城连起来，并派大将蒙恬镇守边境。万里长城的称呼就是从那时开始的，但当时的长城并不到一万里，大约有八千里。我们现在看到的长城大部分是明朝时修建的，这也是我国古代最后一次大规模修筑长城。

山西地处长城的核心位置，山西长城在全国占有非常重要的地位，其主要位于阴山南侧，那里是历代游牧民族进攻中原的必经通道，所以那里的长城城墙高、墙体厚。山西长城范围广，遍及山西的东南西北，几乎每个地市都有，涉及40多个县，这在其他省份是非常少见的。另外，明长城以北京为核心，沿山而建，共有三道，包括外长城、二道长城和内长城。内长城有"内三关"，自东向西分别是居庸关、紫荆关、倒马关，皆位于河北境内。二道长城起点是山西灵丘县牛邦口，终点是偏关丫角山，在此与外长城汇合。二道长城有"外三关"，自东向西分别是雁门关、宁武关、偏头关（又称偏关），皆位于山西境内。偏关老牛湾一带的长城靠近黄河，是东魏和西魏、北齐和北周对峙时期修筑的。

赵长城

说到长城,人们自然要想到阴山。在古诗词中,但凡出现阴山这个地理名词时,一定是和战争联系在一起的。比如"不教胡马度阴山""敕勒川,阴山下",还有"汉家旌帜满阴山,不遣胡儿匹马还""月明星稀霜满野,毡车夜宿阴山下"等。

秦汉时期,对中原王朝威胁最大的北方民族是匈奴。当时,匈奴主要分布在阴山南北包括河套以南鄂尔多斯草原一带,后来他们一直西迁至新疆一带。阴山一带是汉军抗击匈奴的主战场,每一次出塞基本都要经过阴山。因此,阴山在中国历史上可以说是一个地理分界线,是游牧民族和中原王朝的分界线,是游牧文化和农耕文化的分界线。阴山以北为草原、荒漠地貌,以南为水草丰美的河套平原,是中原王朝和北方游牧民族争夺的重点地区。因此，阴山成为古代边塞诗反复提及的一个地理标志。

《出塞》这首诗是诗人王昌龄早年赴西域途中创作的。王昌龄生于盛唐时期，平民出身，家境贫寒，为了改变命运，他发愤图强，苦学不辍。王昌龄的科举之路并不顺利，年近而立方才进士及第。为了丰富阅历，王昌龄在登科之前就多次出游塞外，边游历、边学习、边创作。据推测，王昌龄游历的足迹极为广泛，甚至可能到过碎叶城（位于今吉尔吉斯斯坦境内），这样的经历对他日后的诗歌创作产生了很大的影响。

王昌龄的边塞诗冠绝一时，被后人誉为"七绝圣手"，有"诗家夫子王江宁"的说法。王昌龄之所以能写出如此大气磅礴、意境开阔的边塞诗，与他不拘小节的性格有关。但正是他这样的性格，也给其仕途带来了很多坎坷和挫折。当时，王昌龄与李白、高适、王维、王之涣、岑参等人交情颇深，在王昌龄被贬时，李白曾写了《闻王昌龄左迁龙标遥有此寄》，其中"我寄愁心与明月，随风直到夜郎西"成为流传至今的名句。王昌龄和孟浩然的感情也非常好，至于好到什么程度，那就要说说孟浩然是因何去世的了。开元二十八年（740年），王昌龄从被贬的地方回到长安，途中拜访了好友孟浩然，此时孟浩然后背生的疮刚好，大夫叮嘱不能饮酒，但是两人久别重逢,都十分高兴,便畅饮一番,结果使得孟浩然旧疾复发,回天乏术。从这些故事中,我们可以看出王昌龄豪放不羁的性格。

山西历史上名将辈出,如战国四大名将中的李牧、廉颇,汉代的卫青、霍去病,唐代的尉迟敬德、裴行俭、薛仁贵、狄仁杰等。不过狄仁杰在大部分时间里都担任着文臣的工作。到唐玄宗时期,因过久了太平盛世,仗打得少了,对军事将领的培养也有所放松,诗人在诗中也意识到危机了。唐玄宗后期,安史之乱爆发,唐朝由盛转衰。恰是在唐玄宗时期,唐朝缺少名将,所以诗人在诗中呼唤名将,呼吁重视边境战争,要有危机意识。

至宋朝,人们熟知的名将,北宋有杨家将,南宋有岳家军。杨家将是并州(今山西太原)人,岳飞生于汤阴(今河南汤阴)。汤阴在战国时期曾是赵国的领地,从历史上看,属三晋军事基地。所以从这一角度看,三晋大地的军旅文化是一脉相承的。

山西在中国古代军事史上的重要性,更多地体现在宋代之前,因为宋代之前中国的军事相争以东西为主。从春秋战国开始,晋国称霸600余年,主要是和西边的秦国、东边的齐国以及南边的楚国相争。从文化角度讲,中原文化属农耕文化,而北边为游牧民族,其草原文化与中原农耕文化完全不同。山西地处中原农耕文化和北方草原文化交汇区域,其重要性不言而喻。

此外,陕西北部为毛乌素沙漠,虽然当时秦国修筑了秦直道,但实际上很多时候这条通道并不畅通,导致包括昭君出塞以及后来的"走西口"路线都要途经山西。这也充分说明从春秋战国到秦汉、再到唐朝,山西的地理位置都十分重要。特别是山西的北部,北宋时期雁门关即是宋辽南北对峙的前线。到后来的明朝,其最后一战就在宁武关,当时明末名将周遇吉率四千猛士抵抗李自成的数十万大军,坚守了七天,战至弹尽粮绝。

航拍秦直道。秦直道始建于秦始皇三十五年(公元前212年),是秦始皇统一六国后为防止匈奴侵扰,令大将蒙恬率30万大军用两年时间修筑的,南起林光宫,北至九原郡的一条军事通道,全长约800公里。

抗日战争时期，日军侵占北平、天津之后，把进攻的第一个重点就定在了山西。日军为什么要进攻山西呢？因为山西是日军的战略要地，如不占领山西，就很难向平原地带进发。那一时期，山西的战斗异常激烈，八路军三大主力开赴山西就是为了保卫黄河、保卫山西、保卫中华文明。

由此可见，山西在中国历史上的重要性。

旅游小贴士

雁门关景区位于山西省忻州市代县县城西北20公里处的雁门山上，是万里长城的重要组成部分，国家5A级旅游景区。雁门关有着"中华第一关"的美誉，与宁武关、偏头关合称"外三关"，是了解、研究中国古代战争史、边塞文化史、古代军事建筑史的最好例证。

雁门关居"天下九塞"之首。从战国时期的赵武灵王开始，历朝历代都把此地视为决定国之存亡的战略要地，"汉高祖北征""昭君出塞""杨家将镇守三关"等重大历史事件都和这里有关联。特别是"飞将军"李广在这里先后与匈奴交战数十次，杀敌无数。

如今的雁门关景区是以军事防御历史遗存、遗址为主要景观资源，展示边塞文化、长城文化、关隘文化的旅游景区。战国时期的赵长城、北朝时期的齐长城、明长城，以及围城、关城、瓮城、隘城、兵堡、烽火台、校场、古关道等不同等级、不同用途、不同形制的历史建筑遗存，共同构成了一个庞大、完备、壮观的中国古代边塞军事防御体系，在长城各个关隘中具有特色鲜明、无与伦比的地位。

🔍 雁门关景区

登鹳雀楼

有人说，半部唐诗在山西，三晋大地作为中华文明的重要发源地，自古就是文人雅士辈出的地方，山西古代诗词在中国古典诗词中占有举足轻重的地位。

登鹳雀楼

唐·王之涣

白日依山尽，

黄河入海流。

欲穷千里目，

更上一层楼。

译文

夕阳依傍着西山慢慢地下落，
滔滔黄河朝着东海汹涌奔流。
若想把千里的风光景物看够，
那就要登上更高一层的城楼。

《登鹳雀楼》这首诗可以说是家喻户晓，大家都耳熟能详。中国有四大名楼，除了鹳雀楼之外，有滕王阁，王勃作序"落霞与孤鹜齐飞，秋水共长天一色"；有黄鹤楼，崔颢有名句"昔人已乘黄鹤去，此地空余黄鹤楼"；还有岳阳楼，范仲淹写出"先天下之忧而忧，后天下之乐而乐"的名句。这四大名楼给我们的启示是，名人与名楼是互相成就的，文化对名胜建筑的影响巨大。现在提倡的"文旅融合"，即从整体的角度看待文化和旅游的发展，通过文化升华旅游体验的内容和深度，让旅游体验作为文化传播衍生和发展的载体，从而实现文化和旅游产业的协同发展。

鹳雀楼（陈春明摄）

回到这首《登鹳雀楼》，作者是唐代诗人王之涣。鹳雀楼位于山西永济，王之涣是山西人。根据唐朝靳能所写的《唐故文安郡文安县尉太原王府君墓志铭并序》记载，王之涣"本家晋阳，宦徙绛郡"，意思是他的祖籍是晋阳，也就是现在的太原，他的祖上做官时移居到了绛州，也就是今天的山西新绛。当然这是说法之一。

王之涣不仅在唐诗方面，在整个中国文学史上都有非常重要的地位，后世对他的评价非常高。王之涣所处的时代正是盛唐时期，他和王昌龄、高适等人都是非常要好的朋友，经常诗酒唱和。有这样一则趣闻：有一天，王之涣、王昌龄和高适三人去酒楼小酌，正好遇到一群歌妓。这三人平时经常诗文唱和不分高下，看到有歌妓在唱，便决定悄悄听一听，看歌妓唱谁的诗歌最多，就说明谁的诗词写得最好。只听歌妓们一直在唱，先唱王昌龄的诗，再唱高适的诗，又唱王昌龄的诗，就是没人唱王之涣的诗。王昌龄和高适便很得意，对王之涣说："你看啊，唱了半天也没有你的诗。"而王之涣泰然自若地说："前面唱的那些歌妓，都不是很出色的歌妓，你们的诗都是下里巴人，我的诗属于阳春白雪，一定是由最出色的歌妓来唱。"说着，指着酒楼里衣着华丽的一位歌妓说："如果她不唱我的诗，那么我就甘拜下风。"果然，等这位歌妓出场的时候，唱的正是王之涣的"黄河远上白云间，一片孤城万仞山"。

《登鹳雀楼》这首诗虽然寥寥20个字，但是意境开阔，情趣高远，可以说是类似题材的诗歌的绝唱。尤其后两句"欲穷千里目，更上一层楼"，成为历代人们鼓舞心志，向往更高境界的名句。

其实作者在写这首诗的时候处境并不乐观。王之涣早年及第，曾做过冀州衡水县的主簿，但是不久就遭人陷害被罢官。古人说"读万卷书，行万里路"，在这个时期王之涣就去游览山水，这首诗应该是在开元十五年（727年）至二十九年（741年）间所写的。尽管当时他的处境可能不是很好，但他的诗和他当时所处的盛唐气象是一致的，情绪非常饱满，给人一种激昂的力量。可以看出，王之涣能够看淡境遇，而且对自己的未来有更高的期许。

同样是写鹳雀楼，还有一首比较著名的诗是唐代诗人李益写的《同崔邠（bīn）登鹳雀楼》：

鹳雀楼西百尺樯，汀洲云树共茫茫。
汉家箫鼓空流水，魏国山河半夕阳。
事去千年犹恨速，愁来一日即为长。
风烟并起思归望，远目非春亦自伤。

李益的这首诗写得也非常好，人们对它的评价也很高，但是与王之涣的《登鹳雀楼》相比，李益的这首诗在意境和情志上便稍逊一筹。

诗的第一句"白日依山尽"中的"山"指的是山西南部著名的中条山,"河"自然是黄河。四大名楼中,岳阳楼旁边有洞庭湖,黄鹤楼边上是长江,滕王阁则建在赣江边上,它们都与水有关,都在水边。现在的鹳雀楼离黄河大概有几公里,但在古代,鹳雀楼离黄河非常近,当时黄河发大水将其冲毁了,现在的鹳雀楼是后来重建的。李益在他的诗中说"鹳雀楼西百尺樯",这里的"樯"指的就是船上的桅杆,可见鹳雀楼离黄河非常近,登上鹳雀楼可以看到船的桅杆。

中条山在山西历史上非常有名。山西的北边是阴山,西边是吕梁山,东边是太行山,南边有一小部分太行山,还有历山。山西的西南边靠近黄河最重要的山就是中条山。鹳雀楼所处的位置是历史上的山西、陕西、河南的交界处,当时有个渡口叫蒲津渡,是自春秋时期就非常有名的一个渡口。而且当时唐朝的军需粮食以及盐、铁等都要靠山西提供,鹳雀楼地处要津,那里曾是商旅重镇,十分繁华,是河东文化一个非常重要的地理标志。王之涣写这首诗的时候,鹳雀楼由于这样的地理位置,在四大名楼中最为有名。

说到文化,河东文化狭义上指的是现在山西临汾地区和运城地区的文化,广义上指的就是山西文化。山西还有晋中的商旅文化,也就是晋商文化,晋北文化则主要是以军事文化为主。晋东南的河东地区是山西的文化高地，古代山西人文主要集中在河东地区，这片土地孕育了很多文化历史名人，如关羽、柳宗元、司马光等。

从战国开始，中国地理上有一个著名的三河地区，最主要的便是河东地区，即黄河以东，现临汾、运城一带；河内地区指的是中条山以南、黄河以北，如今的焦作、新乡一带，包括邯郸的一小部分；河南地区就是现在的黄河以南，包括洛阳、三门峡、开封一带。从春秋战国开始，甚至从夏朝开始，河东地区就是中华文明的核心地区，也是黄河文化的核心区域，河东文化在山西、在黄河流域，乃至整个中国，都有很长的光辉历史，从春秋战国开始一直到宋代。河东文化的主要源泉就是山西的汾河。汾河从现在的管涔山出发，经吕梁、太原、临汾，到达运城盆地，流经山西的6市29个县（市、区），可以说，汾河是河东文化的源头和脉络。

山西在唐朝的地位非常重要，可以说整个唐朝的历史有一半是山西在起主导作用。首先唐王朝是从山西起家，开国皇帝李渊当时是太原留守，最早追随李渊起兵的那些人除了他的亲人外，大部分是山西人。之后的唐玄宗曾任潞州别驾；武则天祖籍文水，她的性格受山西影响很大。历代唐朝名将有很多是山西人，如裴寂、尉迟敬德、裴行俭，以及后来的狄仁杰、郭子仪、李克用等。从协助唐高祖起兵到成为平定安史之乱的中流砥柱，再到维护唐王朝的统治，山西人都起到了非常重要的作用。从经济方面看，当时唐朝铸铁铸铜尤其是铸钱的炉子有一半在山西，运城盐湖的盐税曾占到唐朝国库收入的12%。那时候山西不仅供应粮草，大同一带因为有牧场还供应军马。河东地区的粮食产量非常高，很多粮食从汾河运到蒲津渡，然后从渭河运到长安。由于气候原因，当时的汾河跟今天的不一样，当时的汾河能浮起两丈高的大船。此外，山西还有许多非常重要的关口。

山西还孕育出许多杰出诗人，如王勃、王维、王昌龄、温庭筠等。当时，不仅是在诗歌、诗词领域，在地理、历史方面，山西人也为国家做出了很多贡献。可以说，山西对唐朝的贡献是全方位的，不仅在政治、经济、文化上支撑着大唐，山西还撑起了唐王朝的半壁江山。

唐朝时，山西人和皇室的关系非常密切，著名晋剧《打金枝》讲的就是郭子仪和唐代宗之间的故事。郭子仪的儿子郭暧迎娶的是唐代宗的女儿升平公主。而这之前，唐太宗的女儿南平公主下嫁给了初唐四大名相之一王珪的儿子王敬直，而王珪是山西祁县人。当然，还有一个著名人物即武则天，武则天以才人的身份嫁给了唐太宗，后出宫做了尼姑，然后还俗嫁给了唐高宗，最后成为中国唯一的女皇。这些例子都证明了山西和整个唐朝，尤其是和唐朝朝廷的关系非常

紧密，互动频繁。运城闻喜的"中华第一宰相村"，唐宋时期共出了59位大将军、59个宰相，还有驸马等。其中，很多人是在唐朝时期任的职，仅裴家在唐朝就有十几个宰相，如裴度、裴炎等。所有这些都说明，山西对整个唐朝的贡献是全方位的。由此，不得不让人有一种错觉，即在古代，得山西者得天下。

《登鹳雀楼》虽然短短20个字，却描绘出了山西南部的壮丽景象，气势磅礴，意境深远，千百年来一直激励着一代又一代的人昂扬向上、奋发图强。

旅游小贴士

鹳雀楼位于晋、陕、豫三省交界的山西永济蒲州古城西南的黄河岸畔，之所以名扬海内外，正是因为唐代大诗人王之涣的《登鹳雀楼》一诗。

鹳雀楼始建于北周（557—571年），是北周大将军宇文护建造的一座军事戍楼，因时有鹳雀栖息其上而得名。北宋沈括在《梦溪笔谈》一书中描述了鹳雀楼当时的盛况，"河中府鹳雀楼，三层，前瞻中条，下瞰大河"。唐宋之际文人学士登楼赏景留下许多不朽诗篇，以王之涣《登鹳雀楼》最负盛名。历史上的鹳雀楼历唐经宋存世700多年，于元朝初年毁于战火，直到1997年得以第一次重建，于2002年9月正式对外开放。

　　复建后的鹳雀楼为仿唐形制，外观四檐三层，内设六层，楼体总高73.9米，尽显大唐风韵。楼体通身采用油漆彩画装饰，是国内唯一一座采用唐代风格彩画艺术恢复的唐代建筑。鹳雀楼以独特的人文底蕴和厚重的黄河文化为根基，以弘扬爱国主义教育为主题，形成"上下五千年，放眼看世界"的高远意境。

读着诗词
去旅行

登鹳雀楼

鹳雀楼景区（李向东摄）

同赵校书题普救寺

普救寺创建于唐武则天时期（684—704年）。中唐时，诗人杨巨源曾与一位赵姓校书郎共游普救寺，赵校书先题诗一首，该诗已佚，接着杨巨源和诗一首。诗中，杨巨源描绘了普救寺一带的美丽风光。

同赵校书题普救寺
唐·杨巨源

东门高处天，一望几悠然。
白浪过城下，青山满寺前。
尘光分驿道，岚色到人烟。
气象须文字，逢君大雅篇。

译文

伫立于东门高处，悠然放眼远眺，
远处秀丽的景色让人感觉到趣味盎然。
黄河之水翻着白浪涌过蒲州城下，
古刹旁都是郁郁葱葱的峰峦。

驿道岔口人影车马各奔一方，
深山里薄雾炊烟弥漫飘散。
如此美好的景象须有优美的文字来描绘，
真荣幸看到赵校书似《大雅》般美丽的诗篇。

这首诗的题目虽是写普救寺，但整首诗的内容却在写景观，写诗人看到的普救寺周边的景色。

这首诗的作者杨巨源是河中府人，唐德宗年间进士。河中府通称蒲州，即现今山西永济一带。杨巨源一生仕途平顺，声望较高，被世人评价为"才雄学富"。而且杨巨源特别喜欢作诗，从早到晚吟诗不断，人言其年老摇头就是多年吟咏不辍所致。但是由于唐代诗人雄才辈出，杨巨源在灿若星辰的唐代诗人里名声并不太响亮。这首《同赵校书题普救寺》在佳作如林的唐诗里同样也不算太有名气，但它对山西却别具意义，因为这首诗与普救寺有关。在普救寺内，曾发生过中国历史上有名的爱情故事《西厢记》，而《西厢记》的前身与几位唐代著名诗人如元稹、白居易、李绅等不无关系，这是本诗的意义所在。

普救寺在唐代河东地区是著名的人文景观之一，寺内有闻名遐迩的莺莺塔。普救寺位于今山西运城永济市，其不远处便是鹳雀楼和蒲津渡。普救寺为何知名？唐朝时期，山西处于非常重要的位置，晋阳曾被称为北京或北都，是全国非常重要的三大城市之一，除长安和洛阳外当数晋阳。河东地区的地理位置十分重要，其往西南即为唐朝的都城长安（今西安），往东南即为洛阳。而蒲津渡是从晋阳去往长安的必经之路，从这里渡过黄河才能抵达长安。所以在唐代，河中府便成为商贾往来的重镇，鹳雀楼和普救寺也成为文人墨客荟萃交流之地。

📍 普救寺

《西厢记》的故事便发生在普救寺。相传，前朝崔相国病逝，夫人郑氏携小女崔莺莺送丈夫灵柩回河北安平安葬，途中因故受阻，暂住河中府普救寺。恰巧书生张生只身赴京赶考，也路经此地，故事的主角崔莺莺和张生于此处相遇，于是便有了两人相爱的故事。

《西厢记》由元代著名戏剧家王实甫创作，写的是张生与莺莺几经波折，最终有情人终成眷属的故事。自此，普救寺也成为有情人心目中的爱情圣地。但是，这个故事的前身并不是这样的结局。张生和莺莺的故事最早出自元稹写的传奇《莺莺传》。杨巨源和元稹是好友，元稹在当时和白居易齐名，是非常有名的诗人，经典诗句"曾经沧海难为水，除却巫山不是云"，就出自他的笔下。

在《莺莺传》中，张生和莺莺在普救寺相遇后，两人冲破封建礼教的束缚，大胆相爱，然而张生进京赶考高中之后，就将莺莺抛弃了。《莺莺传》中张生有一句话："大凡天之所命尤物也，不妖其身，必妖于人。"意思是像莺莺这样漂亮的女性，是不会魅惑自己的，只能魅惑别人。也就是说，我张生本身的德行修为不足以战胜莺莺的这种诱惑，所以我不能娶她。

元稹的这句话为张生抛弃莺莺找到了借口，给始乱终弃的无耻行径贴上了道德的标签。就是因为这句话，元稹本人也遭遇了一些非议，甚至有人把他看作是诗人中的"渣男"。当时，元稹和白居易、李绅同是好友，李绅曾写了关于《莺莺传》的一些文章，记录了张生和莺莺相遇的时间，后人通过这个时间推算，算出元稹其时正在蒲州。因此，有人认为《莺莺传》可能写的就是元稹自己，其中的主角莺莺可能是她的表妹。尽管这个推断未必是真的，却给元稹带来了很大的负面影响，致使他在当时及后世的口碑远不如白居易，人们觉得他没有君子的德行和操守。而且元稹后来娶了官宦人家的女子为妻，这可能也是人们对他有所非议的一个重要原因。

那么，王实甫是如何在元稹《莺莺传》的基础上创作出了一个大团圆结局的呢？

金末元初，元朝统一全国后，山西作为元军最早建立政权的地方，在元代初期呈现出一派和平的景象。在元之前的宋金对峙时期，因整个战线在淮河流域，战事频繁，部分文人为了避乱，便逃到山西，尤其是河东一带。当时，河东一带安乐祥和，不像其他地方战事频仍。而且当时这里的印刷业、雕刻业很发达，有利于作品的传播。另外，还有一个重要的政治背景，即在元代，汉人在政治上并没有太大的参与感，这也导致很多人内心抑郁或不忿，于是便把更多的精力用于创作。王实甫就在这样一个时代背景下，在《莺莺传》的基础上创作了《西厢记》。

中国古代文学的四大高峰包括唐诗、宋词、元曲、明清小说,元曲作为其中之一,地位非常重要。而在元曲中,山西是人们公认的戏曲摇篮。首先,山西出土的文物中,戏曲文物最多。其次,山西现存金、元、明、清古戏台3000多座,数量占全国古戏台的五分之四。再次,山西地方戏曲剧种众多,全国300多个戏曲剧种中山西现存活戏曲剧种有38种,数量居全国第一,山西留存下来的比较知名的剧目就有1000多种。此外,在历史上留下《西厢记》这样一部名剧的王实甫是元代著名戏曲作家,与元曲四大家中的关汉卿齐名,而元曲四大家中的关汉卿、白朴和郑光祖都是山西人。由此可以看出,山西是当之无愧的中国戏曲摇篮。

高平二郎庙古戏台,建于金大定二十三年(1183年),是我国迄今为止发现的现存最早的戏剧舞台。

有这样一副古戏台楹联："山乡庙会流水板整日不息，村镇戏场梆子腔至晚犹敲。"从中可以看出当时山西戏剧的繁盛，也反映出山西人民对戏剧的热爱。这种热爱源远流长，形成了一种代代相传的风尚。早在北宋年间，当北宋王朝的国都汴京（今河南开封）的演出场所还被称作"勾栏""瓦舍""乐棚"的时候，山西就已经有了固定的砖木建筑——被称作"舞亭""舞楼""乐楼"的正式戏台。宋、金、元、明、清以来，山西戏台屡有所建，虽然年深月久，几经沧桑，但现存古戏台数量在全国仍是首屈一指。

明朝中期以后，山西的地方戏曲如雨后春笋般蓬勃兴起。山西的秧歌戏有十几种，伴随着秧歌戏的秧歌舞有上百种，这些都和戏曲有关。最早的戏台其实就是临时搭建的看棚，是露天的、流动的。后来，由于戏曲越来越多，看戏的人也越来越多，便将表演场所建筑化，设立了固定的戏台，"勾栏""瓦舍"可被视为中国剧场的雏形。这是中国戏剧史上的一个重大转变。

在中国历史上，不乏如《西厢记》这样的名著成就的名胜古迹，如鹳雀楼因王之涣的《登鹳雀楼》而知名，普救寺的背后是《西厢记》，而《西厢记》源于元稹的《莺莺传》，依托的则是山西的戏曲。可以说，如果对山西的人文故事、地理故事比较了解的话，那么在山西旅行的获得感将会大大提升。比如，白朴在封龙书院读书、讲学时，曾根据民间故事写过一篇《祝英台死嫁梁山伯》的元杂剧；大同吴昌龄曾写过《唐三藏西天取经》，其为后来《西游记》的创作奠定了基础；关汉卿曾写过《单刀会》，内容是关于关羽的故事；纪君祥的《赵氏孤儿》写的是太行山区今阳泉一带的故事；还有张国宾的《薛仁贵荣归故里》、岳伯川的《吕洞宾度铁拐李岳》等等。这些名人、名篇、名景相互促进、交相辉映，今天，当我们游览三晋大地时，随时可以从名景想到名篇，从名篇想到名人，进而激发我们对山西这片土地的热爱，激起我们的文化自豪感。

旅游小贴士

国家4A级旅游景区普救寺位于山西运城永济市，是我国历史名剧《西厢记》故事的发生地。这里地势高敞，视野开阔，南望巍巍中条山翠若屏障，西眺滔滔黄河水奔腾不息，中国四大名楼之一的"鹳雀楼"和国宝"唐开元铁牛"都近在咫尺。

普救寺规模宏大，别具一格，整体建筑由寺院和园林两部分组成，大致分布在三条轴线上。西轴线上的建筑有山门、大钟楼、塔院回廊、莺莺塔、大雄宝殿，后为花园；中轴线上有天王殿、罗汉堂、十王堂、藏经阁等；东轴线上有枯木堂、月老殿、斋堂等。

寺内屹立的莺莺塔与北京天坛的回音壁、河南的宝轮寺塔、重庆大佛寺内的石琴并称为我国古典园林的四大回音建筑。此外，莺莺塔还与缅甸掸邦的摇头塔、匈牙利索尔诺克的音乐塔、摩洛哥马拉克斯的香塔、法国巴黎的钟塔、意大利的比萨斜塔齐名，被称为世界六大奇塔。游客在塔侧以石叩击，塔上会发出蟾声，很是有趣。

《西厢记》的问世使普救寺名声大噪，美丽动人的爱情故事千百年来一直撼动着人们的心灵，使这里成为闻名中外的游览之地和爱情圣地。

普救寺和莺莺塔（陈春明摄）

摸鱼儿·雁丘词

《摸鱼儿》源自唐代教坊曲《摸鱼子》，北宋初年据旧谱制词名"摸鱼儿"，始词为欧阳修作。《摸鱼儿》比较知名的有两首词，一首是辛弃疾的《摸鱼儿·更能消几番风雨》，其中有名句"休去倚危栏，斜阳正在，烟柳断肠处"广为人知，另一首就是元好问所作的这首《摸鱼儿·雁丘词》。

元好问（1190—1257），字裕之，号遗山，世称遗山先生，太原秀容（今山西忻州）人。金末元初著名文学家、历史学家，金宣宗兴定五年（1221年）进士及第。正大元年（1224年），又以宏词登第，授国史院编修，官至知制诰。金朝灭亡后，元好问被囚数年，晚年重回故乡，隐居不仕，于家中潜心著述。

元好问的文学成就以诗歌创作最为突出，并以"丧乱诗"奠定了他在文学史上的地位。《摸鱼儿·雁丘词》是其16岁时的作品，后经整理修改而成。

摸鱼儿·雁丘词

金·元好问

乙丑岁赴试并州,道逢捕雁者云:"今旦获一雁,杀之矣。其脱网者悲鸣不能去,竟自投于地而死。"予因买得之,葬之汾水之上,垒石为识,号曰"雁丘"。同行者多为赋诗,予亦有《雁丘词》。旧所作无宫商,今改定之。

问世间,情是何物,直教生死相许?
天南地北双飞客,老翅几回寒暑。
欢乐趣,离别苦,就中更有痴儿女。
君应有语,渺万里层云,千山暮雪,只影向谁去?
横汾路,寂寞当年箫鼓,荒烟依旧平楚。
招魂楚些(suò)何嗟及,山鬼暗啼风雨。
天也妒,未信与,莺儿燕子俱黄土。
千秋万古,为留待骚人,狂歌痛饮,来访雁丘处。

很多没有读过这首词的人,也知道由此而延伸出的金句:问世间情为何物,直教人生死相许。这就是人们在鉴赏古典诗词时,常常存在的一种现象:当作品中有非常经典的诗句时,这些佳句往往会优于诗的整体而被广为流传,我们把这种现象叫作"摘句鉴赏"。

摘句鉴赏有明显的缺陷,它会使读者只知佳句而不知全篇，这样就会造成我们在阅读过程中对这首词产生误解和误读。比如，这句"问世间情为何物，直教人生死相许"，但凡具备一些文学功底的人都知道它出自元好问的《摸鱼儿·雁丘词》，但原词为"问世间，情是何物，直教生死相许"，句中并无"人"字，因为元好问的这首作品不是因人而发，而是由雁而作。这也是我们在阅读古典文学作品时需避免的一个误区。有了这样的经验，我们就应该回到这首作品的本身来看一看，从作品完整的意蕴中体会诗人要给我们讲述一个怎样的故事，传达一种怎样的情感。

这首词之前有一篇小序。宋代以来，人们喜欢在词前加小序，以告诉读者作品的缘起。后来，这个小序越加越长，甚至超过词本身，但也写得非常精彩。这首词亦是如此。从其序可知，这首词写于乙丑岁，即金章宗太和五年，公元1205年。这一年，元好问只有16岁，该词是元好问现存词作中最早的一首。小序中交代，元好问前去并州应试，途经汾河，遇上一个捕雁人，他同元好问讲自己今天抓获了一对大雁，一只死后，另一只破网而逃，但是这只大雁逃脱之后并没有飞走，而是在上空徘徊一阵后坠地而亡，以死殉情。元好问听后非常感动，便花钱买下这两只大雁，将它们葬在汾河之畔，并把埋葬的地方称为"雁丘"。在前往太原的路上，元好问和他同行的朋友一起吟诗赋词，歌颂大雁之间忠贞的爱情，于是有了这首经典之作。

由于词序已交代了创作背景，因此作者没有重复故事经过，而是在起句陡然发问，直接提出一个永恒的疑问："问世间，情是何物，直教生死相许？"这个问题太难，元好问没有回答。第二句，"天南地北双飞客，老翅几回寒暑"，元好问想象两只大雁过去的生活经历，颇为感人。这里作者用了两个关键词，一个是表示地理方位的"南北"：两只大雁每次飞行的路途都非常遥远，背后的艰辛可想而知。另一个关键词是表示时间跨度的"寒暑"：春去秋来，年年岁岁，两只大雁相依为命。一句从空间落笔，一句从时间着墨，短短两句高度概括了大雁之间深沉、真挚、相依为命的情感。第三句，"欢乐趣，离别苦"，意思是当年有多快乐，离别时就有多痛苦，若是遇到"痴儿女"，痛苦更是难以承受。"君应有语，渺万里层云，千山暮雪，只影向谁去"，作者创造性地用拟人的口吻设想，如果那只大雁会说话，它一定会说：未来之路千山万水，没了爱侣，形单影只，不知要飞到哪里去，即使能苟活下去又有什么意义呢？诗人用烘托的手法，对大雁殉情时的心理作了形象的描写，使读者不由得感同身受。

再看词的下阕。"横汾路，寂寞当年箫鼓，荒烟依旧平楚。招魂楚些何嗟及，山鬼暗啼风雨。"首句即连用了三个极不寻常的典故。第一个典故讲述的是汉武帝的故事。据《史记·封禅书》记载，汉武帝曾率文武百官至汾水边巡祭"后土"。"横汾路"，大雁被射死的地方，本是汉武帝当年巡幸之处，当时箫鼓喧天，棹歌四起，山鸣谷应，何等热闹，而今却是四处冷烟衰草，一派萧条景象。究竟什么是能够长久留存的呢？是万古长存的真情。短短十几个字，诗人将昔与今、欢与悲、繁华与没落悉数表达，形成了鲜明的对比。第二个典故"招魂楚些何嗟及"出自《招魂》，是屈原为招楚怀王之魂而作。"招魂楚些"意为用"楚些"招魂，《招魂》句尾用"些"字，故言"楚些"。当时，楚地巫风盛行，楚怀王被困死于秦国，屈原作《招魂》为的是使楚怀王的魂魄得以回归故土。这句话的意思是汉武帝已死，招魂无济于事。第三个典故"山鬼暗啼风雨"出自《楚辞·九歌》中的名篇《山鬼》，描写了山鬼思念自己的爱人，枉自悲啼，但爱人却再也不会归来了。元好问连用三个典故映衬大雁殉情的场景，渲染感天动地的真情。帝王功业煊赫一时，转瞬即逝，区区两只大雁却可以借殉情而不朽。

接着诗人写道："天也妒，未信与，莺儿燕子俱黄土。""未信与"三个字虽然在词句中是连续的，但在意思上"与"应该与"未信"断开而并入下一句，即"天也妒，未信，与莺儿燕子俱黄土"，意为我不相信老天会让两只大雁的感情像那些莺儿、燕子短暂的爱情一样，最终归于黄土。元好问假借自己的手去成就天意，给它们建造坟墓，为它们题词，并借着这首词让大雁的故事流传千古，所以他说："千秋万古，为留待骚人，狂歌痛饮，来访雁丘处。"作者展开想象，千秋万古后，也会有像他和他的朋友们一样的骚人墨客，来寻访这小小的雁丘，来祭奠这一对爱侣的亡灵。结尾处寄寓了诗人对殉情者的深切哀思，延伸了全词的历史跨度，使主题得以升华。该词上下阕一气呵成，不可割裂，赏析时切不可只读首句，也不能只读上阕，只有通篇把握，才能够理解这首作品的高远之处。

《摸鱼儿·雁丘词》虽是吟咏爱情，但处处表现出一种英雄气概，尤其最后一句"狂歌痛饮"，既是诗人的风范，又体现出一种英雄气概。究其原因在于元好问本身兼具英雄和诗人的双重身份。山西自古出英雄，曾有人做过统计，《三国演义》中的勇士很大一部分出自山西，所谓"中州万古英雄气，也到阴山敕勒川"。一方水土养一方人，元好问一生虽然没有机会驰骋疆场，但他的诗歌、散文、词曲无不透露着一股英雄气概。元好问喜欢写英雄，也喜欢叹英雄，但元好问又是一个彻头彻尾的诗人，他曾经叮嘱弟子，在其死后墓碑上只刻"诗人元遗山之墓"，可见他对自己诗人身份的认同。

英雄和诗人是两种不同的身份，多数情况下，他们在元好问的作品中构成一种冲突，表现出强烈的不平之鸣，但在表现至情至性的赤子之心上二者却又高度统一。正是这颗赤子之心，超越了人和雁的界限，让诗人懂得生死相许之情究竟是什么。这种情可以超越物种、超越时间、超越空间，甚至超越帝王的功业，化为不朽。

元好问不同于宋代的柳永、晏几道、秦观等婉约派词人，他给爱情诗注入了刚健的气骨，很有个性。无独有偶，几百年之后，明朝剧作家汤显祖创作了传世名作《牡丹亭记》，他在题词中写道："情不知所起，一往而深。生者可以死，死可以生。生而不可与死，死而不可复生者，皆非情之至也。"这就是著名的"至情论"。在这部剧作中，汤显祖用杜丽娘和柳梦梅惊天地、泣鬼神的爱情故事，呼应了元好问在《摸鱼儿·雁丘词》中提出的问题。

词中的"雁丘"是山西的一个地名，据嘉庆朝抄本《大清一统志》记载，"雁丘"在阳曲县汾水旁。然而，根据元好问的经历，他16岁时随叔父生活在陵川（属晋东南地区）。这一年，元好问去太原参加科举考试，从晋东南一路向北，并不经过阳曲县。而现今太原汾河公园迎泽桥桥南处有一"雁丘"遗址，似乎也有一定的依据。至于"雁丘"到底在何处，如今已很难考证了，但可以肯定的是"雁丘"一定在山西。

元好问生于山西秀容，至青年时代基本生活在山西，直到中年以后才移居河南。其元姓出自北魏的拓跋氏。北魏是我国东北地区少数民族鲜卑族的拓跋部建立起来的政权，道武帝时期迁都至平城。孝文帝时期曾推行过全面的汉化改革，其中的一项改革就是将少数民族姓氏改为汉姓。为了将这一政策顺利推行下去，孝文帝拓跋宏率先垂范，将皇族的拓跋氏改姓元氏，拓跋宏自己改名元宏。元好问的先祖曾相继在洛阳、汝州、平定州生活，至曾祖元春时，家族才整迁至秀容。元好问的父亲元德明一生不得志，多次参加科举考试都没有成功，后来在家乡以教授生徒为业。

元好问生于金章宗明昌元年七月初八，即1190年8月10日，家族世代书香。元好问的叔父膝下无子，所以元好问刚七个月大时，便被过继给时任县令的叔父。随后，元好问被叔父带至山东掖县（今莱州）。元好问天资聪颖，7岁能写诗，太原王汤臣称其为神童；14岁跟随身为陵川令的叔父至上党，师从郝天挺。郝天挺是当时有名的大儒，他教导元好问写诗、写文及学术，为其日后的成就奠定了坚实的基础。

元好问21岁时，其叔父调陇城（今甘肃秦安）任职。不幸的是，调任一年后，叔父就病亡于陇城，元好问只能带着叔父的灵柩又回到了秀容。回到故土之后，元好问在离家族祠堂几十里之外的遗山（今山西定襄城东北）读书，"遗山山人"的自号便源于此。元好问在二十二三岁时,曾入太原学舍读书,且在此期间由太原赴当时金朝的中都燕京(今北京)参加会试。然而接下来元好问的境遇就比较不幸了,因为当时金王朝发展到卫绍王完颜永济时期时,已呈衰落态势,在其北方兴起了更强大的蒙古部落。

贞祐元年,即公元1213年,蒙古军在成吉思汗的率领下开始对金发动猛攻,不久便攻破了河东道。很快,蒙古军队又攻破了秀容,屠杀民众十万余人,元好问的兄长元好古即死于这次屠城之难。贞祐二年(1214年)五月,金宣宗被迫迁都汴京(今河南开封),黄河以北地区战乱频仍,已无安宁的日子,人们经常要躲避蒙古军队的袭扰和掠夺。元好问为了躲避战乱只能四处逃亡,其诗文记载他曾"避寇阳曲、秀容之间"。贞祐四年(1216年),蒙古军围攻并州。在这风声鹤唳、形势紧迫的情况下,当年五月,元好问携家眷和部分书籍,由秀容出发,经并州,取道虞坂(今山西平陆),涉三门峡渡过黄河,从此开始了长达24年的异乡漂泊、被掳受羁的坎坷生活。

天兴三年,即公元1234年,金王朝灭亡,元好问和金国大批官员被俘,被押往山东聊城看管。过了几年,蒙古人对元好问的看管逐渐放松,元好问便居住于冠氏县(今山东冠县)。元太宗十一年(1239年),因元好问名气非常大,元朝重臣耶律楚材想与其结交，可50岁的元好问已无意出仕为官，便回到了家乡，隐居故里，并潜心编纂著述。元好问痛心金国的沦亡，就把金国国君和大臣所写的诗词编纂成集，名为《中州集》。元好问以"中州"为集名，很明显有缅怀故国和以金为正统的深意。这部文集直到元好问60岁时才编纂而成，是他对祖国文化的又一重要贡献。

晚年时，元好问在秀容家乡以唐诗为讲本教授弟子，元代著名学者郝经、著名杂剧作家白朴都曾是他的学生。元宪宗七年，即公元1257年，元好问死于寓所，终年68岁，遗体葬于秀容系舟山下的韩岩村，即今忻州城东南10里处的韩岩村。

元好问生活的那个年代，山西战乱不断。在宋金对峙时期，山西属金的统治区域。金朝统治者是我国东北地区的少数民族女真族，作战能力强，其将赵宋势力逼退至淮河以南，形成了宋金对峙的局面。战争结束以后，金致力于北方重建，山西便在战乱结束之后得到了较好的恢复和发展。尤其是在金世宗和金章宗时期，山西成为金朝统治下的核心区域，经济发展迅猛，文化领域人才辈出，名家巨匠不胜枚举，取得了许多辉煌的成果。

金代山西的经济、文化比相邻地区都要发达，尤其河东南路（金朝时设置的路级行政区），如平阳府（今山西临汾)。《金史·食货志》中特别提到,"平阳一路,地狭人稠",平阳府当时是金朝境内人口最稠密的地区,人口密度比河北、陕西都要大。经济的发展必然推动文化的发展,所以当时南宋的文化中心在都城临安(今杭州),而以印刷业为代表的金朝的文化中心却不在中都,而在平阳。金代山西比较发达的地区还有河东南路的泽州(今山西晋城)。泽州在经济繁荣的基础上形成了优良的教育传统,在金代诞生了闻名遐迩的鸿儒郝天挺,元好问14岁时投其门下,可见当时泽州地区教育氛围之浓厚。

尽管元好问生活在战乱不断的金朝末年,但金王朝在山西地区的统治相对稳定,而且山西得益于表里山河的地理特征,受外界战乱影响较小。正因山西在金代维持了较长时间的稳定,才形成了人才辈出、文化荟萃的人文景观,在文学史上出现了诸多名家,如元曲四大家中的关汉卿、郑光祖、白朴。特别是白朴的代表作《墙头马上》,是山西蒲剧直到现在仍在演绎的经典曲目。可以说,元好问个人在中国文化史上的地位,一定程度上代表了金代山西文化发展的总体水平。

旅游小贴士

"问世间情为何物,直教人生死相许",这句名言的故事源头就发生在汾河岸边。

故事发生在1205年，一对大雁正在水中嬉戏，不料被猎人捕住，一只逃脱，另一只被射死。逃脱的大雁便一直在上空盘旋哀鸣，最后竟然自投于地，殉情而死。金元文豪、祖籍忻州的元好问来并州赶考，正好看到了这个情景，于是就花钱买下这两只大雁，葬在汾河岸边，垒起石块作为标识，并写下了《摸鱼儿·雁丘词》。

现在，位于太原市尖草坪区的汾河雁丘园已于2023年9月28日正式开园，徜徉秀美汾滨、流连人文古建、品味文韵诗意，雁丘景区已成为人们感受文化之美、增强文化自信的又一理想选择。

汾河雁丘园景点

太原早秋

《太原早秋》是唐代诗人李白的一首五言律诗。诗人通过对太原早秋自然环境的描写,表达了自己思念家乡亲人的情感。全诗比喻巧妙,情感真挚,格调高远。

太原早秋
唐·李白

岁落众芳歇,时当大火流。
霜威出塞早,云色渡河秋。
梦绕边城月,心飞故国楼。
思归若汾水,无日不悠悠。

译文 转眼间光阴逝去,花草渐渐凋落,
看时节应当是农历七月以后。
秋霜早早地从边塞那边来到这里,
黄河以北已是初秋。

梦中还在边城的月色中萦绕，
心儿却随着月光回到了故乡。
思乡之情恰如这绵绵汾水，
无时无刻不在悠悠地流向故土。

《太原早秋》是大诗人李白非常著名的一首与山西有关的作品。这首诗的题目简单明了，时间、地点都交代得很清楚。但是像李白这样的大诗人，他的文字往往看似寻常，实则不然。"太原早秋"这四个字告诉我们，李白身处异乡，这是一个异乡之秋。那么，太原的秋天有什么样的特点呢？其实在题目中也已经讲清楚了。对于长期生活在南方的李白来说，这个秋天，他感觉来得格外的"早"。当然，"秋"这个字，在中国古典诗歌中不仅仅是一个季节，更多时候代表着一种愁绪，"愁"字的结构就是"心"上一个"秋"。所以"太原早秋"暗含着一个意思，即李白在太原畅快地游赏，这段及时行乐的生活就要戛然而止了。可见这首诗蕴含着一种深深的愁绪以及对故乡的思念。题目简单的四个字，从中已经能够看出李白整首诗的构思和脉络。

具体来看四联诗句。第一联"岁落众芳歇，时当大火流"，"岁落"即时间流逝，所有美好的事物都已经消散了。"时当大火流"中的"大火"是天上的一个星宿，即大火星，大火星每年在农历六月的时候位于正南方，位置最高，七月以后会逐渐偏西下沉。古代诗人喜欢在诗歌中用"流"字表示向下偏西的移动过程，如《诗经·豳风·七月》里写"七月流火，九月授衣"。很多人以为这首诗的第一联讲的是天气非常炎热，实际上讲的是夏去秋来，寒天将至。所以在第一联里可以看到两个重要的诗眼，一个是"歇"，一个是"流"，"歇"和"流"在这里有很强的象征意味，表示美好的事物即将消逝。

第二联"霜威出塞早，云色渡河秋"，其中涉及断句的问题。中国古典诗歌有两个节奏，一个是诗句节奏，一个是诗意节奏。从朗读上来说，这样的诗句一般为"二三"断句，也就是"霜威/出塞早，云色/渡河秋"。但是从诗意的角度讲，这句要用"一字作截"法，应该读作"霜威出塞/早，云色渡河/秋"。这样的断句暗含着李白写作时的一个巧妙构思。第一句用拟人的手法，把"霜"比喻成一位非常有威严的将军："霜将军"今年出塞特别早。太原在唐朝时期其实算是边塞了，所以李白说这个地方的"霜将军"出塞特别早，实际上说的是太原的秋天来得特别早，点了题目中的"早"字。第二句写得更妙，"云色渡河秋"，即云彩在黄河南岸时还是夏天，可一渡过黄河，到了太原就变成秋天。这里很容易让人们联想到初唐诗人杜审言的名句"云霞出海曙，梅柳渡江春",实有异曲同工之妙。诗的第二联很见巧思,写出了太原早秋的特点,也是李白作为一位南方诗人,在异乡感受到的当地秋天的独特韵味。

第三联是一个转折点,李白写出了他心中的秋意,感受到了"凉",一方面是身体肌肤感受到初秋的凉意,另一方面更多的是一种思乡的凉意。他在太原停留了这么久,终于想到要回家了。所以这里用到了中国古典诗歌中两个重要的表达思念的意象"梦"和"月"。中国古典诗歌有一个永恒的主题,就是对时间和空间的吟咏,因为在时间的流逝中,在空间的阻隔中,人们容易感受到情感的变化,所以这是亘古以来中国古典诗歌吟咏的一个永恒的主题。有两个意象是可以超越时间和空间的,一个是"梦",因为在梦里我们可以去很多地方;另外一个就是"月",虽然相隔万里,但是"一夜乡心五处同""海上生明月,天涯共此时",一轮明月能够有效化解思乡之情。"梦绕边城月,心飞故国楼",此时,李白的心在边城太原和他心中所系的故乡之间交替往来,勾起了一种思乡的惆怅。

最后一联也是古典诗歌中常见的一种构思——以水为喻。那么李白眼前所见的是什么水呢?自然是太原的母亲河汾河。中国古代诗歌中"水"的象征意义有很多,比如它可以表示时间的流逝,更多的时候还表达一种情感,是情感的有形化表达。思念是无形的，是看不见、摸不着的，怎样能够把它变得有形，可听、可看、可感，在诗歌中要用意象来加以外化。通常诗人会使用水、河这类意象，李白也不例外，他说，我思念故乡的那颗心啊，就像汾水一样，"无日不悠悠"。像李白这样的大诗人在描写复杂情绪的时候，往往会选用一些寻常的字眼，他没有着意地刻画，而是说像水一样悠悠，就像《诗经》中的"青青子衿，悠悠我心""青青子佩，悠悠我思"，那样一个无着无落的心绪，像眼前奔腾而逝的汾水一样。这首诗浑然天成，是李白"清水出芙蓉，天然去雕饰"风格的代表。这样的诗歌写于太原，对太原这座城市来说是一件很荣幸的事。

李白幼年的时候，随父亲从中亚的碎叶城回到了四川江油。李白小时候，父亲给他提供了一个非常宽松的学习环境，他大部分时间用来读书，长大以后便开始漫游天下。开元十三年，即公元725年，李白"仗剑去国，辞亲远游"。他的第一个目的地是现在的湖北安陆，在那里他一待就是十年，用他自己的话说就是"酒隐安陆，蹉跎十年"。他在当地娶了许圉师的孙女，安定了下来，并以安陆为中心开始了长达十年的漫游生涯。

其间有一次李白北上洛阳，又从洛阳出发继续北上，穿过晋城南面的羊肠小道北上太原。这次漫游是受其好朋友元演的邀请，元演的父亲当时任太原府尹，负责防守北部边地。当时李白已经声名显赫，魏颢在《李翰林集序》中说，李白每次出行都有"骏马美妾，所适二千石郊迎"，所有人都很欢迎这位大诗人，所以李白到了太原，也受到了热情款待。李白刚来太原时似乎一点儿都不想家，他曾写诗回忆"琼杯绮食青玉案，使我醉饱无归心"。当时，太原的治所在现在的晋源镇古城营村，离晋祠很近，李白常去晋祠游玩，写下了描写晋祠胜境的诗句"晋祠流水如碧玉"。此外，据学者考证，李白这一次到太原，还以太原为中心北上代州，去过五台山和雁门关。在一番快乐的游赏之后，李白突然又想起了家乡，想起了自己的妻子和儿女。所以到了这一年的秋天，他写下《太原早秋》这首诗，道出自己的归心似箭。后来，他果然取道山东回到安陆，结束了这一次太原之旅。这种对于妻儿、故园的表白在李白的诗中并不多见。李白不像杜甫，杜甫喜欢在诗歌中提及自己的亲人，这是杜甫良善人性的表现，而李白则极少在诗歌中提及亲人，但他偏偏在这首作品中提到了对故乡的思念，想来与诗题有关。"独在异乡为异客"，太原与李白熟悉的生活环境差别太大了，这种陌生的感觉带给他更强烈的思乡情绪。这便是这首诗的创作背景。

　　李白一生中曾经两次到访太原，第一次是唐玄宗开元二十三年（735年），写下了这首《太原早秋》；第二次是在天宝十三载（754年），53岁的李白从雁门关南下太原。李白两次来太原有很大的不同，第一次主要是游山玩水，而第二次完全是为了寻觅豪英，挽救国家和民族于危亡之际。两次来山西，李白一共留下了40多首诗，在李白现存诗歌中占较大的比例。可以说，李白与山西有着不解之缘。

太原古称晋阳，历史悠久，底蕴深厚。公元前497年，晋国公卿赵简子的家臣董安于在背靠龙山、面临晋水的汾河西畔修筑了城池。因为这座城池在晋水的阳面，也就是晋水的北岸，所以被命名为晋阳城。这就是晋阳城建城的开始。公元前453年，韩、赵、魏三家联起手来灭掉了智氏，后来又瓜分了晋国。这样，作为春秋五霸之一的晋国就解体了，晋阳城也成为后来战国七雄之一赵国的都城。由此，山西又有了"三晋"之称。公元前201年，汉高祖刘邦为了防御匈奴，派韩王信坐镇北方，把太原郡改为韩国，都城仍设在晋阳，从此，晋阳成为我国北方重要的边防重镇之一。公元前196年，汉高祖刘邦建立了代国，都城仍在晋阳，刘邦封他的第四个儿子刘恒为代王。后来代王刘恒回到长安做了皇帝，也就是我们熟悉的汉文帝，这样，晋阳城自然成为汉文帝刘恒的龙潜之地。公元550年，东魏权臣高欢的儿子高洋建立了北齐政权，都城尽管在邺城，但由于晋阳城是北齐创业的基地，所以北齐历代皇帝几乎每年都会往来于晋阳和邺

读着诗词
去旅行

🔍 太原古县城是2500年晋阳古城文脉的延续

城之间，于是晋阳城在那个时候又被称为"别都"和"霸府"。由于高欢、高洋以及之后北齐历代的皇帝对晋阳城的刻意经营，晋阳实际上成了东魏和北齐的一个政治中心。

晋阳城还是李唐王朝的发祥地，这是它在中国古代最高光的时刻。隋大业十三年（617年），李渊被隋炀帝任命为太原留守，同时隋炀帝又任命虎贲郎将王威和虎牙郎将高君雅做太原副留守，这两人很明显是在监督李渊。李渊来到太原后非常高兴，他曾对他的儿子李世民讲过这样一番话，他说："唐固吾国，太原即其地焉。"因为李渊在7岁时就继承了父亲的爵位，被封为唐国公，如今，他来到了太原，而太原相传又是古唐国的所在地，所以李渊非常高兴，认为这是一个很好的兆头，象征着老天爷将要把领土赐给他。从中我们可以感受到，李渊在这个时候已经有了政治野心。而这一年，李渊的次子李世民虽然只有18岁，但他也是一个有雄才大略的人。来到晋阳城之后，李世民刻意结交天下豪杰，开始准备推翻隋王朝。当时晋阳县令刘文静非常赏识李世民，两人便先组成一个小团体。之后，刘文静又刻意与裴寂结交，通过裴寂，刘文静、李世民一直敦促李渊起兵反隋。但李渊这个时候还要考虑一个问题，就是他的长子李建成和四子李元吉还不在晋阳，于是写信让两个儿子快速从河东来到晋阳。同时又写信给女婿柴绍，让其从长安来到晋阳。做了这一番准备之后，李渊于大业十三年六月建立了大将军府，为起兵做准备。大将军府建成之后，李渊以其长子李建成为陇西公，领左军；以次子李世民为敦煌公，领右军；四子李元吉留守晋阳。七月初五，李渊率三万士兵从晋阳起兵。李渊从晋阳起兵成就了他的帝王伟业，实现了"化家为国"，晋阳自然成为李唐王朝的龙兴之地。

唐代的很多帝王对晋阳城都充满了感情，所以在唐代晋阳城被不断扩建。原来的晋阳城在汾河的西岸，故被称为"西城"，城中有大明城、晋阳宫和仓城等建筑。贞观年间，唐太宗李世民让名将李勣修筑了东城。武则天在位期间，并州刺史崔神庆又修筑了中城，中城横跨汾河，将东城和西城连接起来。当时的晋阳城四通八达，经济富庶，手工业、商业都非常发达。当时，晋阳城还是全国的一个铸造货币的中心，铁器制造也非常有名，其中最有名的是并州的剪刀，杜甫曾有诗句"安得并州快剪刀"。长寿元年（692年），武则天下令把太原设为北都。北都的设置体现了晋阳城地理位置以及政治位置的重要性，当然也体现了作为山西人的女皇对家乡的一片深情，所以从那个时候开始，晋阳城进入历史上最为兴盛的时期。天宝元年（742年），唐玄宗改北都为北京。当时，长安被称为西京，洛阳被称为东京，晋阳被称为北京，于是唐王朝就出现了"三京"，这就是李白在《秋日于太原南栅饯阳曲王赞公贾少公石艾尹少公应举赴上都序》中写的"天王三京,北都居一"。至德二年(757年),唐肃宗建立了"五都"体制,太原仍为北都(从唐玄宗时期的"北京"改回"北都"),当时正值安史之乱爆发的第二年,唐玄宗已出逃成都。唐肃宗之所以定太原为北都,其实是想表明自己的立场,即他不会像他的父亲一样弃百姓于不顾,他仍然重视太原这个北部边防重镇。唐肃宗为了表明自己保卫疆土的决心,也是用心良苦。

历代王朝都比较重视山西,这与山西的地形地貌不无关系。宋代以前,山西的地理位置、军事位置都非常重要,当时中国的政治中心在西部地区,山西从交通方面来讲是控扼东西的交通要道。尤其在唐代,山西对唐王朝的影响巨大。因为从山西,尤其从山西的晋西南一带可以直接进入唐朝的政治中心长安,往东又可以进入唐朝比较重要的经济区域(当时黄河中下游算是经济比较富庶的地区)。在军事地位上,山西四面环山,西边还有黄河,形成了天然屏障,军事地理优势可见一斑。

五代时期的山西,其地理位置仍然非常重要。五代中的后唐、后晋、后汉三个王朝的建立都和山西密切相关。后唐的建立始于沙陀族的首领李克用,李克用被唐王朝封为晋王,后来李克用的儿子李存勖从山西出发,灭掉了后梁,建立了后唐。后晋和后汉则都是上一个王朝的河东节度使所建立的。所以在整个五代时期，太原的政治和军事地位都非常重要，晋阳城也成为一个易出"真龙天子"的地方。

公元960年，赵匡胤发动"陈桥兵变"，建立了北宋王朝。北宋王朝开国之后，经历了赵匡胤时期和赵光义时期，历时19年三下河东才把建立在太原的北汉政权消灭掉。赵氏兄弟付出了较大的代价，因此他们痛恨晋阳人民的反抗，而且也害怕晋阳城再出一个"真龙天子"，于是下诏毁掉了晋阳城。太平兴国五年（980年），赵光义在火烧晋阳城后又引汾水和晋水灌晋阳城，晋阳城从此便衰落、消失了。

除了有"晋阳"之称外，太原还被称为"并州"。元封年间汉武帝设置了并州刺史部，是当时十三个刺史部之一。不过汉武帝时期的并州主要是一个监察区域，还不是行政区划。至东汉时期，并州成为郡、县之上更高一级的行政区划，也就是地方最高的行政机构，大体上类似于现在省的地位。这就是并州的来历，现在太原简称"并"便源于此。

关于"太原"一词的来历，在汉语中是指地势比较高的一个宽阔的平地，《诗经》和其他先秦典籍中多指这个意思。秦庄襄王三年（前247年），庄襄王设置了太原郡，从此太原成为一个行政区划，其治所在晋阳。而"太原"这一名称也一直沿用至今。

旅游小贴士

　　秋天是一年之中最为绚烂多彩的季节，赤橙黄绿都盛装登场，五彩缤纷叠满了层层山峦，渲染了整个太原。此时，堪称"古晋阳八景"之首的"崛崡红叶"炽热燃烧，天龙山的山色宛如一幅天然油彩画，悄悄褪却着夏末的绿色，龙山正在历经"黄灿灿如醉金落满枝头，红彤彤似晚霞醉染山谷"的蜕变，走一走蒙山铺满缤纷落叶的栈道，看遍水色潋滟，赏尽山景旖旎。

　　来到太原一定要去晋祠和天龙山看一看。

　　晋祠位于太原市西南25公里的悬瓮山麓、晋水发源处，是集中国古代祠祀建筑、园林、雕塑、壁画、碑刻艺术于一体的珍贵历史文化遗产。

　　晋祠文化遗存极为丰厚，有宋、元、明、清时期的殿、堂、楼、阁、亭、台、桥、榭等各式建筑100多座，宋元以来雕塑100多尊，铸造艺术品30多件，历代碑刻400多通，诗文匾联200多副，古树名木96株，其中上千年的古树就有30株。

　　晋祠景区由晋祠公园和晋祠博物馆组成，晋祠公园环境优美，花草茂盛。晋祠博物馆中，圣母殿、鱼沼飞梁、献殿被称为晋祠"三宝"，宋代彩绘泥塑侍女像、周柏、难老泉被誉为晋祠"三绝"。

读着诗词
去旅行

太原早秋

太原西山公路秋景

其中，鱼沼飞梁的景观造型类似现代的立交桥，是国内现存古桥梁中仅有的一例。"飞梁"的一端连接着圣母殿，圣母殿是晋祠主殿，殿前8个廊柱上雕刻着8条跃跃欲飞的木雕盘龙，颇有气势。大殿内有梁无柱，主像圣母端坐在木制神龛内，端庄华丽，其余42尊侍女像分列两侧，衣着艳丽，表情各异，其中有一尊花旦装扮的侍女半面欢喜半面忧愁，让人看后心情不禁五味杂陈。周柏位于圣母殿北侧，植于西周，已有3000多年的历史。难老泉则位于圣母殿南侧，晋水的源头就从这里流出，长年不息。

天龙山海拔1370米，位于晋祠西11公里处，560年兴建天龙寺，山以寺得名。天龙山胜迹首推石窟艺术，石窟分布在东西两峰，大小石窟共25窟，现存大小石佛500多尊，展现着东魏、北齐、隋、唐、五代近三个世纪的艺术杰作，反映了不同时期石窟艺术的不同风格和卓越的艺术成就。

天龙山既是天龙山国家森林公园的主景区，又是山西省政府批准设立的自然保护区，风景秀丽，气候宜人，是一处自然景观和人文景观相结合的风景名胜地，是拥抱自然的绝佳去处。

清　明

　　《清明》是唐代诗人杜牧的诗作,最早见于宋人谢枋得的《千家诗》。全诗色彩清淡,心境凄冷,运用由低而高、逐步上升、高潮顶点放在最后的手法,余韵无穷,耐人寻味,历来广为传诵。

清　明

唐·杜牧

清明时节雨纷纷,

路上行人欲断魂。

借问酒家何处有?

牧童遥指杏花村。

译文　清明节这天细雨纷纷,
路上的行人好像丢了魂一样神情凄凉。
问一声牧童哪里才有酒家?
牧童指了指远处的杏花村。

《清明》是我们非常熟悉的一首古诗，全篇没有用一个典故，没有一个生僻字，非常通俗，但仔细品味，会发现诗中的每一个字用得都十分精妙。小诗大世界，在阅读古诗时，对于篇幅短小且用字寻常的古诗，千万不可轻视。杜牧的千古名篇——《清明》就是这样的一首诗。

首句"清明时节雨纷纷"，一开始便点明诗人所处的时节是清明节。这个节气有什么气象特点呢？正是"雨纷纷"。每到清明之时，仿佛老天都会配合人们祭祖的伤感情绪，总是会下起小雨。而清明时节的雨又有什么特点呢？杜牧没有特别去描绘，也没有多费笔墨，仅用了两个字——"纷纷"。但是，人们能非常清楚地感受到，这种雨和杜甫所描绘的"雷声忽送千峰雨"的夏天的大暴雨是不一样的，也不是"随风潜入夜，润物细无声"的春夜里的小雨。周汝昌先生说这种雨是韩愈所谓"天街小雨润如酥"的那种雨，虽然大概接近了，但也不完全贴切。因为"纷纷"一词在品读时，能让人感觉到一种绵绵不绝，有一些纷繁，还有一点儿纷乱，让人觉得有些心乱如麻，甚至还有一点儿恼人的情绪。可见"清明时节雨纷纷"这寻常的七个字，就把清明时节雨的特点呈现了出来。

"路上行人欲断魂"中，"行人"有两种解释，一种是指路上来来往往的人，另一种是指行旅之人，诗中所指更多的是第二种人。清明节在唐朝是一个重大节日，这天不管是一起去扫墓纪念先人，还是去游玩踏青，都是一个团圆的日子。但是诗中的这些人，却是孤身赶路的一群人，又赶上纷纷扰扰的小雨，更觉心乱如麻，所以杜牧用"断魂"二字来形容他们的心情。在中国古代，人们认为"魂"是实际存在的一个事物。《黄帝内经》中讲道："心藏神，肺藏魄，肝藏魂，脾藏意，肾藏精。"当一个人非常痛苦时，古诗中常有几种形容，由浅入深依次是心碎、断肠、销魂。杜牧这首诗中没有用"销魂"，而是用"断魂"，更加展现出行人失魂落魄的样子。诗人用寥寥两句将人和景交融在一起，勾勒出清明时节人间的凄凉。

接着第三句笔锋一转，写"借问酒家何处有"，这是一个多么绝妙的构思啊。行人为什么要寻找酒家呢？因为酒家是这凄楚绝望的人间一个温暖的希望。寻找酒家干什么？当然是喝酒。喝酒可以暖暖身子，可以短暂休息，可以避避风雨，还有一个更重要的原因，就是行人要和他人聊聊天、说说话，以化解心中的凄楚和悲凉。所以"借问酒家何处有"表面看是一个寻常的提问，实际上有更深的意旨，就是要寻找温暖、寻找希望。

结句写道："牧童遥指杏花村。"这是诗人笔墨高绝之处，点明了上句诗人问路的对象——牧童，一个放牛的小孩子。假设如果这个时候出现的不是牧童，而是一个老翁，那么整首诗的意蕴将会发生根本性的改变，因为孩子象征着希望。诗中的这个牧童很是顽皮，当行人问他酒家在哪儿时，他并没有直接告诉行人，而是用手一指，指向杏花村。贾岛有一首诗叫《寻隐者不遇》：

松下问童子，

言师采药去。

只在此山中，

云深不知处。

诗中童子也没有直接告诉询问者师父的具体位置，而是几次给人希望，却又几次让人失望。杜牧笔下的这个牧童也很有意思，他比划着：就是那个地方，那个地方就是杏花村。牧童没有直接指酒家，而是指着开满杏花的村子，村子里有什么呢？当然是酒家。

读完整首诗，你会发现其中有一个很大的变化。诗的前两句"清明时节雨纷纷，路上行人欲断魂"，让人觉得整首诗是黑白的，没有色彩。但到了后两句，"借问酒家何处有？牧童遥指杏花村"，诗的整个画面一下子鲜活起来，有了色彩，变成了一幅非常生动的画卷，眼前不仅可以看到杏花盛开，甚至还有花红柳绿，能让人感受到春天生机勃勃的气息。

诗中还有一处笔法极高妙，就是"遥"字。"遥"指的杏花村不在近处，不是一个马上就能到达的地方，它是一个希望。这种构思很容易让人想起另一首著名的诗歌，《诗经·秦风》中的《蒹葭》：

　　蒹葭苍苍，

　　白露为霜。

　　所谓伊人，

　　在水一方。

钱锺书先生在《管锥编》中说，《蒹葭》表现了"企慕之情境"，解释其为"可望而不可即，心向往之，却身不能至"。杜牧这首诗也给人们营造出了一个"企慕之境"，这个地方就是人们内心的"安乐窝"，是安顿身心之处，是所有人的"桃花源"，看不见、摸不着。另一方面，"遥"字还构成了一种距离上的纵深感，给人以言有尽而意无穷的审美效果。所以这首诗虽是一首小诗，但其中包含着一个大大的世界。

那么诗中的杏花村到底在哪里呢？杜牧是在哪儿写下的这首脍炙人口的名作呢？现在有很多种说法，有山西汾阳说，有湖北麻城说，还有江苏南京说，甚至还有人认为诗人是在安徽池州作的此诗。但其中最可靠的，当属山西汾阳说。

首先从交通条件看，唐代有《长安太原道驿程图》，所以在唐代往来于长安和太原之间并不是一件困难的事情。杜牧还有一首五言律诗叫《并州道中》，可见杜牧有北上游历的经

杏花村汾酒厂

历，时间为唐敬宗宝历元年（825年）。杜牧除《并州道中》外，还有《边上闻笳三首》七言绝句组，从中可以勾勒出他游历山西的经历：宝历元年仲春二月，杜牧从长安出发，先到洛阳，又从洛阳来到了晋东南，然后从晋东南的潞州一路往北行至太原，游历一番后从并汾古道南下而去。《清明》一诗极有可能就是他在并汾古道上创作的。

其次从考古成果看，汾阳杏花村遗址出土了6000多年前的原始酿酒器——小口尖底瓮，也就是说杏花村这个地方的酿酒工艺源远流长。另外，杏花村的村名自出现以来从未更改过名称，而杏花村的酒起源于唐朝，很多唐代诗人都吟咏过杏花村的汾酒（当时叫"乾和酒"）。李肇《唐国史补》卷下列出唐朝名酒17品，其中就提到"河东之乾和"；白居易的《白氏长庆集》卷三十七《偶作寄朗之》也发出了"斗醵乾酿酒"的吟唱；《全唐诗》记载张籍则写出"酿酒爱乾和"的诗句。现存敦煌文书中有唐人王敷所著《茶酒论》，其中亦将"剂酒乾和"列为一代名酿。所以，山西的酒文化十分浓厚。

再次从气候环境看，很多人怀疑《清明》一诗不是作于山西，因为其中描写的气候物象与山西春季干燥、多风沙的气候不相符。事实上在唐代，整个北方地区温润多雨，诗中描述的那种细雨蒙蒙的场景，在山西是完全有可能出现的。据著名学者陈寅恪先生考证，《清明》所描写的气候物象应当是中国北方的景色。

此外，杜牧的曾祖父杜希望曾任西河郡（今山西汾阳）太守，有王维诗《故西河郡杜太守挽歌三首》为证。杜希望死后葬在了西河郡，所以杜牧在清明时节沿并汾古道去祭奠曾祖父，其可能性还是非常大的。综上所述，《清明》这首诗创作于并汾古道，吟咏山西汾阳杏花村的可能性很大。

清明节又称踏青节、祭祖节，从别称上就可以看出清明节大致的活动内容。清明节源自上古时代的祖先信仰和春祭礼俗，兼具自然与人文两大内涵，既是自然节气，也是传统节日。清明节正式成为国家规定的官方法定节假日是在唐代,其时,清明节已经融入了比它出现更早的寒食节和上巳节的一些习俗。

寒食节最初是流行于我国北方的一个节日,相传是为了纪念春秋时期晋国的名臣介子推。据记载,春秋时期,因晋献公宠幸骊姬,欲废掉太子申生,改立骊姬之子奚齐为太子,最终引发了一系列变乱。太子申生被骊姬陷害致死,申生的弟弟重耳为了保命,带了几个随从开始了逃亡生活,介子推便是重耳随行之人中非常重要的一人。介子推随重耳在外逃亡19年,风餐露宿,经常连饭都吃不上。有一年,这一行人逃到卫国,一个叫头须的随从把重耳的粮食全部偷走了,重耳无粮,饥饿难忍。为了让重耳活命,介子推避开重耳,把自己大腿上的一块肉割下来,和野菜煮在一起,煮成一锅粥给重耳吃。当重耳知道自己吃的是介子推腿上的肉时,深受感动,声称有朝一日做了君王,一定会好好报答介子推。这就是典故"割肉奉君"。

19年的逃亡生涯结束后,重耳由逃亡者变成了晋文公。回国后,晋文公自然要对功臣进行封赏,但是介子推拒不受赏,他认为自己割肉给国君吃,并不是想将来向国君邀功,并且他还以接受封赏为耻,于是带着他的老母亲隐居绵山。后来,晋文公带人去绵山寻访介子推,但绵山蜿蜒几十里,谷深林密,找来找去也没能找到。这个时候,有人给晋文公

清　明

出主意让他放火烧山，介子推为了避火，自然会跑出来。可没想到大火烧了三天，众人连介子推的影子也没见到。最终，火灭了之后，大家在一棵柳树下才发现了介子推母子的尸骨。晋文公看到介子推的遗体悲痛万分，相传晋文公将一段烧焦的柳木带回宫中做了一双木屐，每天望着它叹道："悲哉足下。"还有一说是晋文公看到脚下烧成了一片灰烬，发出了"悲乎足下"的感慨。因这里的"足下"指的是晋文公非常敬重的一个人，所以"足下"这个词后来成为汉语中对他人的一个敬称。

晋文公感念忠臣义士，便把介子推葬在绵山，并为他修祠立庙，而且下令在介子推去世的那一天禁止用火，以此来寄托哀思。第二年，晋文公在绵山下过完寒食节后，次日来到介子推被烧死的那棵柳树下祭奠介子推，发现那棵柳树竟然活了。晋文公睹物思人，念及介子推一生追求政治的清明，于是便将那棵柳树赐名为"清明柳"，并把这一天定为清明节。这就是民间相传的寒食节和清明节的由来，但据考证，寒食节的起源比介子推的典故还要早。寒食节并非起源于介子推，事实上是晋文公利用了已经形成的寒食节来纪念介子推的。

那么寒食节又是如何形成的呢？其实寒食节沿袭了上古时期的一种习俗"改火"。火是人类文明的一个重要标志，有了火人们就能够把食物烤熟，而熟食可以预防很多疾病。每年仲春季节，气候干燥，不仅人类保存的火种容易引起火灾，而且春雷频发也易引发山火。古人在这个季节往往要进行隆重的祭祀活动，把上一年传下来的火种全部熄灭，即是"禁火"，然后重新钻燧取新火，作为新一年生产和生活的起点，谓之"改火"。在"禁火"和"改火"期间，人们无法生火做饭，必须准备足够的熟食以冷食度日。这就是"寒食"的由来。

据《后汉书》记载，最初的寒食节时间很长，最长的达105天，最短的也要近一个月。由于古代的禁火制度过于残酷和严厉，并不顾及各地具体情况，对民众的生产和生活影响很大。如汉代时，山西在寒食节要严格禁火一个月，人们只能吃生食、冷食。所以，三国时期魏武帝曹操便下令取消这个习俗。《后汉书·周举传》中还记载有这样一个故事：周举在任并州刺史时，发现山西寒食节要禁火一个月，导致"老小不堪，岁多死者"，于是便跑到介子推的庙中，跟介子推商量这个事。周举说你是贤人义士，但人们为了纪念你，寒食节都不能吃口热乎饭，这不是你应该做的事情啊。当地人看到刺史都不在乎这个事情，便不再吃冷食了。但是西晋王朝建立以后，对晋地掌故特别垂青，纪念介子推的禁火寒食习俗又恢复了，不过时间缩短为三天。同时，把寒食节纪念介子推的说法推而广之，扩展到了全国各地，于是寒食节成了全国性的节日，寒食节禁火寒食成了汉民族的共同风俗习惯。

唐代以后，清明节融合了另外一个出现比较早的节日——上巳节的一些习俗，正式成为一个法定节假日。由于唐代的官吏在清明节时也要回乡扫墓，难免耽误公事，所以唐玄宗就作了具体的规定，寒食节放假四天："（开元）二十四年（736年）二月十一敕：'寒食、清明四日为假。'"至唐代宗时期，假期又延长了一天，成为五天。到德宗贞元年间，假期又一次延长到了七天。宋元时期，清明节的情形也大体如此。到了民国时期，清明节这天除了原有的扫墓和踏青外，又多了一个项目——植树。

旅游小贴士

杏花村酿酒始于北魏，已有1500多年的历史，古时曾有"十里烟村一色红""村酒村花两共幽"的佳境记载。盛唐时，这里以"杏花村里酒如泉""处处街头揭翠帘"成为酒文化的古都。历史上，我国著名文人、学者如李白、杜甫、杜牧、宋延清、顾炎武、傅山、巴金、郭沫若等都赋诗赞誉过汾酒。

现在，汾阳杏花村是汾酒集团公司所在地，国家4A

级旅游景区汾酒文化景区就坐落在汾酒厂区内。这里有汾酒博物馆、复古生产线、现代化汾酒酿造车间、陈年酒库和汾酒工业园林，展示了杏花村的酿酒史和深厚的酒文化。

汾阳杏花村

平遥夜坐

平遥古城位于山西省晋中市平遥县,始建于周宣王时期,明洪武三年(1370年)扩建,距今已有2800多年的历史,较为完好地保留着明清时期县城的基本风貌,被称为"保存最为完好的四大古城"之一,也是中国仅有的以整座古城申报世界文化遗产获得成功的两座古城市之一。

平遥夜坐

明·韩邦奇

漠漠荒城暮,飘飘旅笛哀。
坐看寒烛尽,愁绝夜更催。
冀北花争发,秦西雁不来。
岁华容易改,春尽且尘埃。

译文

广漠荒城的夜晚，飘来阵阵旅客哀鸣的笛声。
独坐着看寒烛燃尽，满心惆怅夜色更加漫长。
在山西北方，鲜花已竞相开放，
而家乡的消息还是没有传来。
虽然春花盛开鲜艳而美丽，
可春天过去它们就都凋谢了。

  诗的第一句，诗人写道："漠漠荒城暮，飘飘旅笛哀。""荒城"即指平遥古城。全句的意思是广袤荒凉的古城笼罩在一片暮色之中，隐约中传来游子吹奏的笛声，声音里充满了哀愁。"坐看寒烛尽，愁绝夜更催"，诗人一个人默默地坐着，眼看着烛火快要燃尽，耳边又响起了报更的声音，才知夜已深，可自己却满腹的忧愁，毫无睡意。

  接下来，诗人又写道："冀北花争发，秦西雁不来。"在明代，山西下设冀宁、冀南、冀北、河东四道，"冀北"泛指北方。"冀北花争发"，在北方，春天都已经来了，鲜花争相绽放。按常理，这个时候大雁应该归来了吧？但诗人紧接着写道："秦西雁不来。""秦西"指诗人的家乡陕西一带，"秦西雁不来"直译为没有见到家乡大雁的影子。众所周知，大雁在古诗词中常有象征意义，一般代指书信，因为古人有鸿雁传书的说法。所以，"秦西雁不来"的意思就是很久都没有故乡的书信和消息了。

最后一句"岁华容易改,春尽且尘埃"中,"岁华"这个词本来指的是一岁一枯荣的花草,但此处诗人主要指的还是花朵。全句意思为虽然春花盛开鲜艳而美丽,但春天结束它们就凋谢了。此处诗人表面上写的是"岁华""春天",实际上是在写他自己的心情和身世,在写他的理想和抱负。曾经的一切都非常美好,但如今就像花一样将要凋零,将要变成尘埃。因此,这首诗所表达的情感不仅仅是思乡,还有一种对生命无常的感触和深深的悲凉。

这首诗诗人不但直接点出了"哀"和"愁"两个字来写自己的心情,而且诗中还有一些意象也值得注意,如夜色中游子的笛声以及更鼓的声音,这些都从侧面烘托出诗人孤寂、彷徨的心境。

思乡之苦是中国古代诗歌中常见的主题,但是韩邦奇的这首《平遥夜坐》在常见的主题中写出了诗人一些独特的感受,整首诗的感情比较深沉。另外,诗的对仗、格律都很工整,从中可以看到唐诗以及传统诗词意象的影子,还有古典诗词的一些元素如大雁、花朵等,这些都是具有象征性的意象,也都是古典诗词中常见的意象。这些意象使得这首诗的情感显得比较含蓄。

当然,从这首诗中我们也能看到如陈子昂、李商隐等一些唐人的影子。李商隐的《无题·飒飒东风细雨来》中有"春心莫共花争发,一寸相思一寸灰",韩邦奇的这首诗中写"冀北花争发,秦西雁不来。岁华容易改,春尽且尘埃",二者不管是在构思还是在用词方面都有相似之处。韩邦奇生活在明朝中期,这个时候正是文学复古思潮声势浩大的时候,有所谓的"前后七子",他们有一个很著名的口号"诗必盛唐,文必秦汉"。韩邦奇在这样的一种时代浪潮中,其诗作可能在无形中受唐人的影响。

韩邦奇任山西巡抚时57岁,已至其晚年。他在山西做官近十年,不仅当过山西巡抚,还做过平阳通判、山西参议等,在山西"政声甚扬",为百姓做了很多好事,办了很多实事。任期内百姓安居乐业,边防稳固,所以百姓非常称赞他、拥戴他。

韩邦奇在山西期间曾写了一些和山西有关的诗作,包括与太原有关的,以及与霍州、平阳、介休、高平有关的,诗作很多。当时,平遥属山西巡抚的辖区,这首《平遥夜坐》应该是诗人到了平遥以后,在平遥的署衙或其下榻的地方所写的一首诗。

如果再联系韩邦奇的为官经历,人们可能对这首诗中诗人的思乡之情及凄苦的感情会有更为深刻的理解。韩邦奇的仕途很不顺利,其中一个有名的冤案叫"《富阳民谣》案"。

韩邦奇早年曾在浙江做官，任按察使佥事，负责地方的司法、刑狱，以及核查地方官员。这期间，他发现了镇守浙江的一个名叫王堂的宦官，也是地方大员，其四处搜刮民财，横征暴敛。当时，浙江富阳的茶叶和富春江的鱼都是当地的名产，王堂一伙四处搜刮强征这些物产供给皇帝。正德十一年（1516年），37岁的韩邦奇不畏强权，为民请命，上书皇帝，揭发宦官王堂横征暴敛的恶行，还写了一首《富阳民谣》讽刺王堂等人。其中写道：

> 富阳江之鱼，
> 富阳山之茶。
> 鱼肥卖我子，
> 茶香破我家。

意思是官府从百姓那里强征鱼、茶叶等特产，把很多人逼上了绝路，以致家破人亡。这个民谣在当时流传一时，王堂知道以后对韩邦奇恨之入骨，于是到皇帝那里恶人先告状，说韩邦奇作诗诽谤，有意阻绝进贡。正德皇帝不分青红皂白便把韩邦奇抓到京城，并关入监狱，韩邦奇差点因此死在狱中。出狱后，韩邦奇被革职为民。这一事件对韩邦奇的影响可以说是刻骨铭心，虽然四年后正德皇帝去世，嘉靖皇帝即位，他又被重新起用，但是从此以后韩邦奇有一种深深的畏祸心理，深感宦海险恶。他在十三年中辞官五次，可见其早年的锐气、进取心和出仕的热情已经消磨殆尽。相应地，其后期思念家乡的作品也多了起来，这首《平遥夜坐》同样反映了他晚年的处境和心态。人在遭遇挫折、困苦时会特别想家，因为家是自我心灵安顿之所，所以韩邦奇后期的很多诗作都有写到夜晚、灯光，写到对家乡的思念。韩邦奇还有一首词，词牌名为《踏莎行》，其中写道："情绪千端，家山万里。乡心不为功名系。"同样表现出一种看透功名、归乡心切的情思，与这首《平遥夜坐》有一致之处。

平遥城始建于公元前827年至前782年间的周宣王时期。公元前221年，秦朝政府实行郡县制，平遥城成为县治所在地一直至今。当时平遥叫作平陶县，隶属太原郡。西汉时期，平遥设立了两个县，一个为京陵县，一个为中都县。北魏始光元年（424年），为避太武帝拓跋焘的名讳，太武帝把原来的平陶县改为平遥县，并一直沿用至今。

平遥城自建成以来，已有2800多年的历史，其间经多次修葺。据史料记载，在明清时期，其修葺次数就达26次之多。特别是明朝洪武三年（1370年），古城在旧城垣基础上重筑扩修，并全部包砖，奠定了如今古城的基础。到了清朝前期，康熙皇帝西巡路经平遥，又扩建了四座大城楼，使城池更加壮观。此外，到了清朝时期，平遥商人达到了一定规模，他们不忘家乡，在修缮县城的过程中多次出资。

今天人们见到的平遥古城，主要是明清以来的建筑，距今已有500多年的历史。因平遥古城从空中俯瞰像一只大龟，所以也被称作"龟城"，南门是头，北门是尾，东西四座城门为四条腿，城内四大街、八小街、七十二条蚰蜒巷仿佛龟背上的花纹，组成了一个庞大的八卦。平遥古城城墙周长12里（约6000米），比一般的县城城墙要长，高10~12米，底宽8~10米，顶宽3~6米，有6道城门、4座角楼、72座敌楼、3000个垛口。

平遥古城与四川阆中、云南丽江、安徽歙县并称"保存最为完好的四大古城"。城内有金代的文庙，有古县衙，有在日昇昌旧址上建的中国票号博物馆，还有传统民居（主要为晋商民居）3797处，是保存比较完整的古建筑群。

1997年12月，平遥古城被列入《世界遗产名录》，联合国的专家称赞其是中国境内保存最为完整的一座古代县城。其实，山西有很多古县城，它们之前都有城墙，但为什么平遥古城被保存得如此完整呢？

平遥古城至今仍能保持古色古香的风格，并非出于偶然。实际上，由于历年的战乱、人为破坏及风雨侵蚀，特别是20世纪70年代末期的大水，古城墙受损严重，城内的房屋也破败不堪。1981年，平遥县重新规划，并制定了《平遥县城市总体规划》。当时，同济大学的阮仪三教授听说平遥县城

平遥古城全貌

要重新规划,便亲自带了几名研究生,几次赴平遥重新编制规划,希望把平遥古城完整地保存下来。在社会各界的共同努力下,平遥古城得以保全。

至20世纪末,平遥古城"申遗"。当时,著名古建筑专家郑孝燮、长城研究专家罗哲文、同济大学古建筑专家阮仪三极力推荐,平遥古城于1997年12月3日成功申报世界文化遗产,成为山西省首个申遗成功的项目。世界遗产委员会是这样描述的:平遥古城建于14世纪,是现今保存完整的汉民族城市的杰出范例。其城镇布局集中反映了5个多世纪以来,中国的建筑风格和城市规划的发展。特别值得一提的是,这里与银行业有关的建筑格外雄伟,因为19至20世纪初期平遥是整个中国金融业的中心。

明清五百年间,山西商人曾跻身于全国十大商帮前列,号称"山右商人""山陕商帮""晋商",称雄商界,声名远播。其中,全国有名的晋商以晋南(临汾、运城)和晋东南(长治、晋城)商人为主,号称"平阳商帮"和"泽潞商帮"。平阳商帮的崛起主要得益于"开中法",其本意就是交换。明朝洪武三年(1370年),朝廷实施了一条新政,即由民间商人向边关输送粮食换取食盐经销的许可证"盐引",再前往指定的盐场取盐,然后运往指定地区销售以赚取差价,这就是"开中法"。"开中法"中最重要的两项物资食盐和粮食正是晋南地区的优势资源。当时,平阳商帮主要经营的是食盐和粮食,泽潞商帮主要经营的是铁货和丝绸。明朝万历年间,进士王士性曾在宦游之余,以亲身见闻实地考察,写了一部地理笔记《广志绎》,书中写道:"平阳、泽、潞豪商大贾甲天下,非数十万不称富……"也就是说,在明朝前中期,首先崛起的是晋南和晋东南的商帮。

晋中商帮主要包括平遥、祁县、太谷、介休、榆次、汾阳等地的商人,崛起于明末清初,主要经营药材、茶叶、布匹、绸缎、颜料、杂货等,经营的地域主要包括北京、汉口、苏州、佛山、张家口、恰克图等地。晋中商人在清朝前期开通了"万里茶路",使得埠际商品贸易扩大,货币流通量剧增,有力地带动了镖局和票号的诞生。而在清朝后期,发达于平遥的票号则成为近代银行的鼻祖,是晋中商人商业实力达到顶峰的有力见证。

另外,平遥商人在清朝中期也经营烟草。明朝万历年间,山西曲沃人将烟草自福建带回家乡种植。当时,曲沃商人资本有限,平遥商人便投资入股或者在曲沃直接设立烟坊,生产出的烟丝通过车马运到平遥,然后从平遥再进行分销。平遥商人在清朝前期广泛经营的基础上,于清朝中期由量变实现了质变。至19世纪初,平遥在全国各地开设的商号达数百上千个,平遥成为晋中最大的商品集散地,有"填不满、拉不完的平遥城"之说,为票号在平遥首创提供了可能。

1823年,在平遥众多的商号中,有一家名为"西裕成"的颜料庄,财东李大全接受总号经理雷履泰的建议,创办了中国第一家票号——日昇昌,意在如日东升,生意昌盛。那么,为什么要创办票号呢?这是因为当时平遥、祁县、太谷、介休、汾阳、榆次等地的许多商人都在京师做买卖,每逢年终结账,大宗银两都要通过镖局押运,既费用高,又不安全。所以雷履泰就建议让晋中商人把钱存在他们在京师开设的颜料庄分店,再让商人给平遥总店写一封信,证明他把钱存到了北京颜料庄分店,然后商人就可以从平遥颜料庄总店把银子取走了。就这样,日昇昌票号成立了,主要办理汇兑、存放款业务,同时收取一定的汇兑经费。这一新事物特别实用,不仅解决了大宗银两往来的困难,还方便了平遥和京师两地的金属货币汇兑业务。

日昇昌票号开设后，因为主要从事汇兑业务，所以分号越多越好。三年后，日昇昌票号在山东、河南、江苏、奉天、直隶等商业繁荣之地都有了分号。紧接着，票号溢出平遥，邻近的祁县、太谷等地也纷纷成立票号。到1840年鸦片战争时期，平遥、祁县、太谷三县的票号商已达11家。到辛亥革命前，全国开设票号51家，其中山西票号43家，而山西票号中平遥票号就有22家。平遥人开设的票号遍布国内23个省、85个城市，就连日本的东京、神户、横滨，朝鲜的仁川，南洋的新加坡，俄罗斯的莫斯科都设有分号。

但是在所有的票号中，最有实力的还是日昇昌，其分支机构达400多个，号称"汇通天下"。据记载，1906年，日昇昌的35个分号中的14个分号收缴汇兑银两就达3000多万两，其中个别分号一天的放款就达5000两白银。日昇昌在汇兑业务、存款放款、经营管理、人员招募、奖惩晋升、总号及分号设置、运行模式等方面，达到了当时全国最高水准。当时，除了日昇昌以外，平遥还有介休侯家在当地设立的"蔚"字五联号：蔚泰厚、蔚丰厚、蔚盛长、天成亨、新泰厚。

1900年，八国联军攻入北京，慈禧太后西逃西安路经平遥，当时票号商凑了11万两白银，供慈禧太后西行用，其中日昇昌捐了白银3万两。第二年，山西巡抚岑春煊给日昇昌送了一块"急公好义"的牌匾。

以平遥为代表的山西票号，铸就了百年辉煌，被誉为近代"执中国金融之牛耳"。著名学者梁启超曾说："鄙人在海外十余年，对于外人批评吾国商业能力，常无辞以对，独至此，有历史、有基础，能继续发达之山西商业，鄙人常夸于世界人之前。"意思是我在国外十多年，外国人经常说中国人在商业方面没有太大的能力，但是我经常说山西票号的事例，感觉这是一个我可以在外国人面前夸耀的资本。另外，著名作家余秋雨曾写过一篇文章《抱愧山西》，其中将日昇昌看作是今天中国大地上各式银行的"乡下祖父"，是中国金融发展史上的一个里程碑。

明清五百年间，晋商被誉为十大商帮之首。晋商之所以能扬名中华，其文化精神可以概括为五个方面。

一是艰苦创业，不畏艰辛。晋商的崛起是因为"开中法"，把粮食长途跋涉运到边关，过程很艰苦。

二是崇商敬业，开拓进取。晋中商人开通"万里茶路"，但山西不产茶，于是山西商人便把福建武夷山以及湖南安化的茶，通过水路、陆路长途运送至蒙古、俄罗斯等地。

三是诚实守信，以义自立。晋商五百年长盛不衰，靠的就是诚信。如果没有诚信，晋商不可能长期经营下去。

四是群体帮靠，同心协力。山西商人在各地设立会馆，以地域乡人为纽带结成商帮，互相扶持，共同进退。在内部管理方面设立"顶身股"制，一个人加入商队以后，首先是当学工，其次是当伙计，最后逐渐可以晋升为掌柜，大家齐心协力发展壮大商队。

五是品行敦厚，勤劳节俭。从晋商字号的规章制度、晋商给家人的书信，以及晋商大院里的砖雕格言都能看出，晋商教育子女、员工，就是要诚实守信。

所以，即便在今天，晋商文化精神仍是山西社会文化的一笔宝贵的精神财富。

旅游小贴士

平遥古城位于山西省平遥县，始建于西周宣王时期（公元前827年—前782年），它是中国汉民族城市在明清时期的杰出范例，被称为"保存最为完好的四大古城"之一，也是我国目前唯一以整座古城成功申报世界文化遗产的古县城。至今，古城内的街道、店铺和民居依旧保持着传统的布局和风貌，充满浓厚的晋商文化气息。

平遥古城的交通脉络由纵横交错的四大街、八小街和七十二条蚰蜒巷构成。从下西门进城，沿西大街走到"中国近代银行的鼻祖"日昇昌票号，可以了解古代银行业的发展史。继续向前便是纵贯南北的南大街，它

平遥古城城楼

是古城的中轴线,明清时期,南大街布列着全国一半以上的金融机构,当时被誉为"中国华尔街"。现在,这里也是古城繁华之地,被称为明清古街。古城中大部分景点都集中在这里,以古城标志性建筑古市楼为中心,分布着协同庆票号(中国钱庄博物馆)、蔚泰厚票号、中国镖局博物馆、同兴公镖局等景点。

在平遥古城,不得不提古县衙,这里有大量的古代文书,还可以看到县衙升堂的表演;上东门附近的城隍庙和文庙也修得很气派,值得一游。

除了古城,平遥的镇国寺和双林寺也非常值得一去,它们同为世界文化遗产的重要组成部分。其中,镇国寺全寺没有一根钉子,所有结构都是木头与木头相互卯榫而成;双林寺则被誉为"东方彩塑艺术宝库",寺内

10余座大殿内保存有元代至明代的彩塑2000多尊,它们神态各异,十分精美。

🔍 双林寺自在观音像（陈春明摄）

洪洞大槐树怀古

"问我祖先在何处?山西洪洞大槐树。祖先故居叫什么?大槐树下老鹳窝。"这首流传很广的民谣,反映的是中国古代最大的一次人口迁徙,也就是明朝初年的山西洪洞大槐树移民。数百年来,洪洞大槐树被当作"家"、被称作"祖"、被看作"根",成为亿万华人心中的故乡。

洪洞大槐树怀古
近代·李春溥

苍苍秦岭松,郁郁汉宫柳。
长留天地间,谁与争悠久?
云山有大槐,垂荫可数亩。
聚族万千家,鳞比难齿数。
有明洪永年,朔南迁户口。
天涯各一方,至今不忘祖。
民国改革初,行役归故土。

洪洞大槐树怀古

基址何处寻,殷勤问才叟。
昔日树参天,今时何所有?
丰碑矗其前,高塔耸其后。
廊庑焕然新,景君功居首。
贺君大文章,武君大书手。
古迹今复存,斯人亦不朽。
我来且停车,瞻仰周道右。

译文

苍苍莽莽的秦岭青松,郁郁葱葱的汉宫翠柳。
仿佛天地间永恒的存在,谁能与其比论悠久?
罗云山脚下就有这样的大槐树,浓荫垂落可遮盖数亩土地。
万户千家聚族而居,密密麻麻的院顶如鱼鳞般相凑。
明王朝洪武永乐时期,这里向南方移出了大量人口。
远去天涯各奔他乡,却至今不忘此地的根祖。
民国初期,离职的官员回归故土。
欲寻大槐树原址,问一问聪慧的老者。
昔日里曾经的参天巨树,到今天还有什么留存?
于是丰碑矗立其前,石经塔耸峙其后。

堂屋长廊焕然一新,景君的功绩理应为首。
贺君的碑文大著洋洋,武君的书法堪称妙手。
古迹如今再现容颜,诸位的声名也将不朽。
我来时当即停车,绕着胜境瞻仰久久。

《洪洞大槐树怀古》既是一首怀古诗,也是一首叙事诗,叙述了明朝初期大槐树移民的历史,以及大槐树遗址被重新发现的过程,所以这首诗的核心可以归结为两个字,即"寻根"。

这首诗首先描写了那棵著名的大槐树:在洪洞罗云山下,有一棵大槐树自汉代留存而来,高大挺拔,枝繁叶茂,

洪洞大槐树寻根祭祖园

洪洞大槐树怀古

占地面积很广。它的浓荫遮盖数亩之广,千家万户聚居树下,房屋密密麻麻,就好像鳞片一样整齐。随后这首诗进入怀古部分,"有明洪永年,朔南迁户口。天涯各一方,至今不忘祖",意为明朝洪武永乐年间,山西向南方迁徙了大量人口,原来同乡同宗的人自此天各一方,但是他们至今仍念念不忘自己的先祖。

据相关文献记载,明朝初期的皇帝经常把山西的百姓迁至全国各地,洪洞广济寺旁边的大槐树是集中办理移民的一个场所,也是发放川资凭照的地方。这段历史口耳相传,可以说是无人不知、无人不晓。但到了民国初年,一些离职退休的官员返回故乡后,想要寻找大槐树,却发现大槐树早已经没了踪迹。所以诗中写道:"基址何处寻,殷勤问才叟。昔日树参天,今时何所有?"意为虽然也仔细询问过当地一些上了年纪的人,但是他们也都说不清。于是诗人就提出了一个问题:当年移民的旧址呢?当年那棵枝繁叶茂的大槐树到哪儿去了呢?如果查阅一些相关资料,就可以知道,在清朝顺治八年(1651年)六月,汾河水暴涨,洪洞广济寺毁于水患,大槐树也被水冲毁了。所以接下来诗中又写到了遗址的寻找和复原:"丰碑矗其前,高塔耸其后。廊庑焕然新,景君功居首。"这里提到了诗中的一个核心人物"景君",即景大启。

景大启是洪洞贾村人，曾常年在山东做官，退休回家乡后，出于对家乡的热爱以及延续家乡文化命脉的情怀，经过细心察访，终于确定了洪洞大槐树的遗址。而且他还和一些志同道合的同仁向当地捐献了390多两银子，在他认为的洪洞大槐树所在的地方立了碑，建了牌坊，修了石塔、长廊等，碑上写了"古大槐树处"五个大字。也就是说，洪洞大槐树的具体地址是民国初年，确切地说是民国三年（1914年）的时候被指认出来的。

除了景大启之外，诗中还讲到两个重要人物——"贺君"贺百寿和"武君"武春荣，他们也都是洪洞县的地方名人，社会地位很高。贺百寿作了碑文《重修大槐树记》，洋洋洒洒几百字，把大槐树遗址的复原过程做了详细的记录。武春荣则是碑文的书写者，一位大书法家，所以诗中写道："贺君大文章，武君大书手。"正是他们的努力，使得大槐树的遗址获得了新生。最后诗中写道："我来且停车，瞻仰周道右。"意为我来到这里，停下车来，绕着这个名胜古迹瞻仰、凭吊了很久，当年移民的历史好像一下子浮现在眼前，诗的最后又回到了怀古的主题上来。李春溥和景大启所处的年代差不多，李春溥仅比景大启小10岁，而且两人的卒年相同，都在1927年，所以李春溥也是洪洞大槐树遗址复兴最早的见证人。

李春溥是清末的一位官员，山西翼城人，曾在山东、四川、甘肃等地做监察御史，现存的有关他的资料并不多。值得一提的是，李春溥是清末革命风潮中的一位勇士，曾发起过争矿运动。20世纪初，英国把中国多地的矿权据为己有，李春溥曾为此两次冒死上书光绪皇帝争夺中国的矿权，在当时引起了巨大反响。在山西广大有识之士的配合响应下，终于迫使清政府夺回了矿权，这就是著名的争矿运动。争矿运动和四川的保路运动，成为之后辛亥革命的重要导火索。这首《洪洞大槐树怀古》就是李春溥晚年在辛亥革命之后回到家乡所作。

槐树在人们心目中是一种美丽且有灵性的树。早在三国时期，曹丕就曾写有《槐赋》：

有大邦之美树，

惟令质之可嘉。

托灵根于丰壤，

被日月之光华。

他用了"美""嘉""灵"这样一些字眼来赞扬槐树。后来三国时期的王粲、曹植等也都写过槐树赋，可见槐树是一种美丽、有灵性，甚至可以给树下的人以庇护的树。

关于槐树的作品有很多，但这首《洪洞大槐树怀古》同以往的怀古诗不太一样，它不仅怀古，还包含了"寻古"和"复古"的内容，一方面写了当年祖先从大槐树走出去，另一方面又写了后辈从各地返回寻根的经过。

洪洞大槐树的发现,既是一种历史的考古,也是一种文化的写照。大槐树成了移民文化的符号,成了故乡的代称,人们只有在面对大槐树的时候仿佛才知道自己的根在哪里。面对大槐树就好像面对自己祖先的灵魂一样,能让人们更清楚地意识到自己从哪里来。

如果更进一步讲,那就是中国人的思乡之情往往和大槐树联系在一起,成为一种普遍的文化心理。因为树木的生命力很强,能够生存成百上千年,而且树木不会走动,始终扎根在故土,是故乡沧桑变化的见证者,和故乡人血脉相通,所以游子对家乡的树木总是念念不忘。成语"桑梓之情"出自《诗经·小雅·小弁》中的"维桑与梓,必恭敬止",意思是看到父母亲手种下的桑树和梓树,必须要立在树前表示敬意,所以"桑梓"也就成了故乡的代称。还有一个成语叫"故国乔木",也把古老的树木看作是故乡的象征。

古人将槐树视为"社树","社"即土地神。也就是说,凡是有土地神、有祭祀的地方,就一定会有槐树。在人们看来,槐树有灵性,可以带给人们平安,给人以庇护。因此,大槐树逐渐成为一种象征,成为各地游子的精神图腾,甚至有人说,大槐树是中国人的根,是中华民族的根。

山西表里山河,和周围三省一区有黄河、长城、太行山的阻隔，平均海拔在1000米以上，比东面的河北平原、南面的河南中原、西南的关中平原海拔都要高，所以在历史战乱时期，百姓都会逃入山西避难，待社会安定后，再由政府组织或自行从山西移出。因此，可以说山西是中国历史上有名的移民集散地和中转站。历史上，中原每一次较大的政治变动，就会引发一次较大规模的人口迁移，如西晋的"永嘉之乱"、唐朝的"安史之乱"、北宋末年的"靖难之役"、金朝末年的"贞祐南渡"、明朝初年的"洪洞大槐树移民"以及清代的"走西口"等，其中影响最大的便是"洪洞大槐树移民"。

元朝入主中原百年间，在统治方面存在一些问题，如原来在草原施行的一些制度和中原汉制糅合不太成功，科举制度长期不推行，将治下百姓分成四等（分别是蒙古、色目、汉人、南人），征收的赋税高等。这些问题长期积累，使得中原百姓十分不满。因此，至元朝末年，各地起义不断，民间流行起一首《醉太平小令》：

  堂堂大元，奸佞专权。
  开河变钞祸根源，惹红巾万千。
  官法滥，刑法重，黎民怨。
  人吃人，钞买钞，何曾见？
  贼做官，官做贼，混愚贤。
  哀哉可怜！

在这样的社会形势下,江南地区首先爆发了农民起义。在起义过程中,朱元璋的势力发展得最快,成为元末农民起义军的主力。1368年,朱元璋攻破大都,元顺帝北逃塞外,元朝政权被推翻。长达17年的元末农民起义,使得河南、山东、苏北、皖北的百姓大量逃亡或者死亡。明太祖朱元璋建立明朝后,实行嫡长子继承制,但因其长子朱标因病去世,因而在朱元璋驾崩后,其孙子朱允炆即位大明皇帝。

建文帝朱允炆继位后,为加强中央集权开始削藩。这一政策招致其四叔燕王朱棣的反对,从而爆发了历时四年的"靖难之役"。"靖难之役"中朱棣的军队一路南下,首攻河北,次取河南,再掠山东,后逼南京,在四年的拉锯战中,沿途百姓伤亡十分严重。至明朝洪武、永乐年间,北平、河北、河南、山东等地人口严重不足,耕地大面积荒废,不利于明朝社会、经济的正常发展。而此时的山西受战乱影响较小,社会比较稳定。据《明实录》记载,明朝洪武十四年(1381年),山西人口比河南、河北人口总和还多25万,达到了403万,河南的人口不足山西的一半。山西地少人多,"地狭人稠生计难"的问题越来越突出,连朱元璋也认识到山西"民众而地狭"。

在这种情况下,时任户部郎中刘九皋提议,将山西的百姓移至中原。这样便开启了一场从洪武三年(1370年)至永乐十五年（1417年）的洪洞大槐树移民。

洪洞大槐树移民在明代的正史中未见明确记载。据《明实录》《明史》《续文献通考》等记载，山西平阳府、太原府，泽州、潞州、沁州、汾州、辽州、朔州等两府六州的百姓迁徙到了河北、河南、安徽、山东等地。其中，《明太宗实录》中提及平阳府的有洪武三十五年（1402年）、永乐二年（1404年）、永乐三年（1405年）、永乐五年（1407年）、永乐十五年（1417年）五次。而除平阳府之外的一府六州的百姓绝不会舍近求远，先赴大槐树集中后再前往目的地，因此，平阳府应该是大槐树移民的来源地。

今天，河北、山东、河南、北京等地许多清代的家谱、碑刻都有记载是洪洞大槐树移民的后裔，尤其以清朝康熙、雍正、乾隆时期为多。如康熙十三年（1674年）的曹县《武氏家谱》中明确记载："大明朱太祖轸念山右人满地狭，山左地阔人稀，随降纶音播西迁东，以均辑乎民命焉。我始祖之先讳祖御命东往，甫离洪洞编籍泗水，未及三世，宗支繁衍。"其中明确提到了洪洞。康熙四十年（1701年）的山东临清《李氏始祖墓碑》记载："我始祖自山西太原府洪洞迁此清邑，披荆斩棘，蒙霜露而居焉……"从清朝开始，河北、山东、河南，包括北京、天津等地的大量民众的家谱中都讲到是洪洞大槐树移民后裔。在古代，编修、续编家谱主要是为了传承家族文化,是特别神圣的事,一般不会凭空编造。新编家谱要参照老家谱,甚至要对家族里的老人进行访谈,还要看家族墓地里的碑刻。既然有如此多的资料都证明是洪洞大槐树移民后代,那么可以说洪洞大槐树移民的证据链是清晰的。

至民国六年(1917年),大槐树移民在《洪洞县志》卷七《舆地志·古迹》中有了记载:"大槐树在城北广济寺左。按《文献通考》,明洪武、永乐间屡移山西民于北平、山东、河南等处,树下为集会之所。传闻广济寺设局驻员,发给凭照川资,因历年久远,槐树无存,寺亦毁于兵燹。"民国初期,洪洞人景大启发现洪洞大槐树有着神奇的凝聚力,于是

洪洞大槐树寻根祭祖园

联合当地士绅倡修大槐树迁民遗址并编撰了《洪洞古大槐树志》,之后增补为《增广山西洪洞古大槐树志》,使民间传播的大槐树移民传说变成了有迹可循的重要史料。这首《洪洞大槐树怀古》便被收录其中。

当时的大槐树移民属于政策性移民,带动了山西本土文化与省外文化的交融共生,对明清以来社会的发展产生了深远的影响,具有十分巨大的文化效应。民国初年有三个洪洞人,一个是诗中的"景君"景大启,一个叫刘子林,他们两人在山东做官;还有一个就是诗中提到的"贺君"贺百寿,他在河南杞县为官。他们在山东、河南做官的时候所见到的当地上至官员,下至平民百姓,许多人都说自己是洪洞人,都说洪洞是他们的老家,于是他们就开始筹集资金。后来,他们回到洪洞继续筹集资金,待资金筹集到一定规模后,便开始修建洪洞大槐树遗址。

1991年,洪洞县委、县政府根据大槐树移民后裔的意愿,开始举办"洪洞大槐树寻根祭祖节"。如今,大槐树祭祖园已经成为国家5A级景区,现存的遗址有第一代古槐纪念碑,也就是景大启等人在民国初修建的古槐的纪念碑,有已经干枯的第二代古槐,还有郁郁葱葱的第三代大槐树。今天我们去观瞻的时候,见到的就是第三代大槐树。

大槐树现在已经成为山西省一张靓丽的文化名片和旅游

名片，成为无数古槐移民后裔魂牵梦萦的圣地，拥有大槐树的洪洞也成为全国名气最大的一个县。本文开篇提到的广为流传的民谣也说明，这种认祖归宗的家国情怀，是我们中国人世代传承的内在精神法则。其实明朝初年的大槐树移民是政府组织的一场活动，本来是一部兴衰史，人们被迫离开故土迁往外地，但是今天再来看，大槐树反而成为中华民族团结凝聚的一个文化元素。就是因为有了这种文化元素，我们中国人才能得以实现团结凝聚，大槐树才被赋予了世代中国人美好的祖先记忆。正如复旦大学历史地理学家葛剑雄教授所言："历史是人创造的，是人口在时间和空间中活动的结果。文化是以人为载体的，主要靠人口流动来传播和发展。"从这一意义上讲，移民是人类历史上最重要的活动，没有移民就没有中华民族，就没有中国疆域，就没有中国文化，就没有中国历史。据说山东人有1/5是明朝初期那场山西移民的后裔，比例最高的是山东菏泽，多达3/4的人都是大槐树移民的后裔。今天的北京郊区有30多个村子都是山西移民村，如霍州营村、河津营村、西绛州营村、东绛州营村、北蒲州营村、南蒲州营村、稷山营村等，当地保存有山西的方言和地名。如此一来，移民传播了山西文化，传播了山西故事，为中国历史留下了许多真切的山西元素。

  经过600多年的辗转迁徙、繁衍生息，而今全球凡有华人的地方就有大槐树移民的后裔。1991年4月，洪洞县以"文化搭台、经济唱戏"，举办了首次"洪洞大槐树寻根祭祖节"，之后的每届寻根祭祖节都有数以万计的大槐树移民后裔回到这里，表达浓浓的思乡之情。

旅游小贴士

洪洞大槐树寻根祭祖园旅游景区位于临汾市洪洞县，是全国以"寻根"和"祭祖"为主题的唯一民祭圣地，国家5A级旅游景区。2008年，大槐树祭祖习俗被列入国家级非物质文化遗产名录。

洪洞大槐树是移民史实的见证者，也是移民心目中的老家。明朝洪武、永乐年间的大移民，是中国历史上规模最大、范围最广，有组织、有计划的一次迁徙。为了巩固明朝统治的经济基础，朱元璋实行移民屯田，奖励垦荒的民屯、军屯、商屯之制，这对恢复生产、增加人口、发展经济、开发边疆、文化交流等都具有一定的历史意义。这场明代洪洞大槐树移民迁徙长达50年之久，涉及1230个姓氏。

洪洞大槐树寻根祭祖园旅游景区由"移民古迹区""祭祖活动区""民俗游览区""汾河生态区""根祖文化广场"五大主题板块组成，有碑亭、二代和三代大槐树、千年槐根、祭祖堂、广济寺、石经幢、移民浮雕图、中华姓氏苑等60多处景点，节假日会分时段为游客免费上演大型实景演出，让游客在了解深厚移民文化的同时，享受到富有生命力的文化旅游盛宴。